KB240212

끝, 책

결국 사라지겠지만 결코 사그라지지 않는 찰나에 대하여

일러두기

이 책의 판형은 125×200mm이다.

표지와 내지의 재질은 각각 아르떼 울트라화이트 210g/m², 마카롱 백색 80g/m²이다.

표지는 먹과 별색(PANTONE 810 C)의 2도, 내지는 1도로, 오프셋 방식으로 인쇄했다.

표지 후가공은 무광코팅, 골사초(에폭시의 일종)를 했으며, 무선 제본으로 제작했다.

서체는 주로 윤슬바탕체가 쓰였다. 이 밖에 **SM견출고딕** 등도 적재적소에 쓰였다.

끝, 책
결국 사라지겠지만 결코 사그라지지 않는 찰나에 대하여

2025년 11월 14일 초판 1쇄 발행

지은이: 맹현, 서윤지, 송현정, 양동혁, 임헌
기획: 지다율, 맹현
편집: 지다율, 김윤우
디자인: 기경란
발행처: 출판공동체 편않 × 출판사 핌
등록일: 2022년 7월 27일
홈페이지: editorsdontedit.com
전자우편: editors.dont.edit@gmail.com
인쇄: 세걸음
ISBN: 979-11-988733-7-8 03810

끝, 책

맹현, 서윤지, 송현정, 양동혁, 임헌

편않×픔

◦ 외국 인명과 지명 등은 외래어 표기법을 따랐으나 일부에 한해서는 통용되는 표기를 따랐습니다.

◦ 책 제목과 신문·잡지 등의 매체명은 겹낫표(『 』)로, 문학 작품·기사 등의 제목은 홑낫표(「 」)로, 노래·전시·시리즈 등의 제목은 홑화살괄호(〈 〉)로 묶었습니다.

◦ 본문 속 서지 정보에서 출판사명이 없는 경우는 흐름상 충분히 알 수 있으리라 판단한 경우입니다.

◦ 저자들과의 협의에 따라 본문 인용에 대한 개별 허락 절차는 생략합니다. 다만, 인용 시 출처(저자, 출판사, 발행 연도, 쪽수 등)를 명확히 표기해 주시기 바랍니다.

차례

<u>송현정, 끝</u>

사라진 출판사는 어디로 돌아가는가 × 오경철(전 저녁의
책 발행인, 현 작가)   ○ 9

할 일이 있을 때는 끝을 생각하기 어렵다 × 함지은(전 열
린책들 디자이너, 현 상록 대표)   ○ 23

<u>임헌, 끝</u>

우린 결국 책의 끝을 마주하지만 (1) × 원소윤(전 편집자,
현 스탠드업 코미디언·소설가)   ○ 39

우린 결국 책의 끝을 마주하지만 (2) × 단정화(전 디자이
너, 현 그림책 작가)   ○ 51

<u>맹현, 끝</u>

서글픈 건 참아도 허접한 건 못 참지 × [redacted]
[redacted]   ○ 65

가드, 흘러가는 시간을 견디는 하나의 방법 × 고정순(그
림책 작가)   ○ 81

서윤지, 끝

곁가지를 보살피는 순간들 × 유지희(테오리아 대표)

○ 99

빈자리를 지켜 내는 마음 × 송지현(길벗어린이 편집자)

○ 111

양동혁, 끝

내가 없을 집을 짓기 × 이한범(나선프레스 대표)

○ 127

편집 후, 기 | 지다율, 끝

○ 154

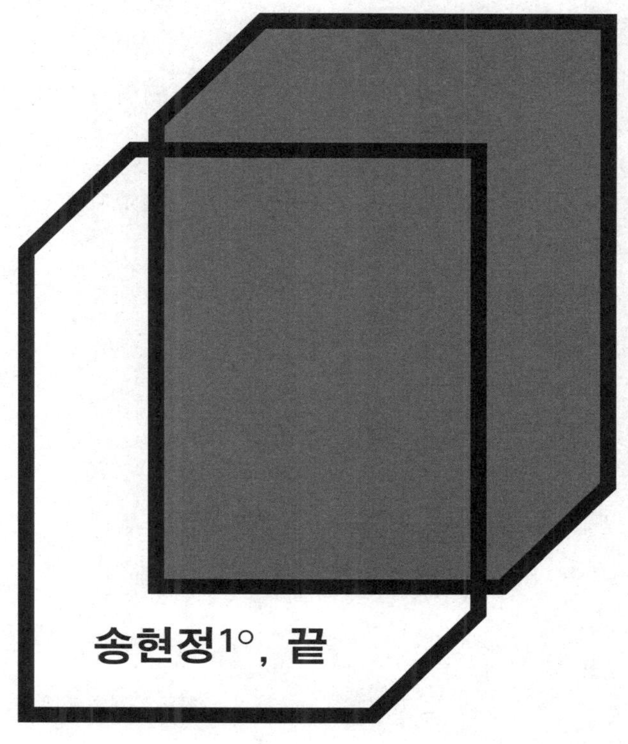

---

[1]

부단히 책을 읽고 틈틈이 글을 쓴다. 『출판사의 첫 책』(출판사 핌, 2024)에 관여해
출판계를 엿본 뒤로는 꼬박꼬박 판권면을 정독한다.
지다율의 자리끼론(머리맡에 책을 두고 자면 지식의 갈증이 채워진다는 주장)을
신봉하며 머리맡에
칼 세이건의 『코스모스』(홍승수 옮김, 사이언스북스, 2004)를 두고 잔다.

사라진 출판사는 어디로 돌아가는가

편집자의 일에 관한 책[1]을 읽었다. 작가는 표제와 같은 제목의 장을 시작하며 '저녁의책'이라는 출판사가 있었음을 알렸다. 그리고 열 쪽도 되지 않는 장이 채 끝나기도 전에 이 출판사가 망했다고 전했다. '망했다'니. 일면식도 없는 출판사의 폐업에 동요되었던 데에는 작가의 냉소적인 태도가 한몫했던 것 같다. 한 출판사의 폐업에 굳이 가장 절망적인 표현을 가져다 쓴 작가 오경철은 문학동네, 돌베개, 민음사 등에서 일한 편집자이자 저녁의책 발행인이기도 했다!

국내에는 8만여 개 출판사가 존재한다. 한 해에만 4천 개가 넘는 출판사가 새로 생겨난다. 폐업하는 출판사 수는 따로 집계된 바 없지만, 2023년 기준 책을 한 권이라도 펴낸 출판사가 등록된 출판사의 11.5%에 불과하다는 조사 결과[2]로 더 이상 기능하지 않는 출판사의 근황을 짐작해 볼 수 있다. 헤아리는 것이 불가능한 사라진 출판사의 수와 생각보다 훨씬 큰 무실적 출판사 비율 앞에서 나는 저녁의책의 존재가

---

[1]

오경철, 『편집 후기: 결국 책을 사랑하는 일』, 교유서가, 2023.

[2]

『2023년도 하반기 KPIPA 출판산업 동향』, 한국출판문화산업진흥원, 2024.

이제는 사라진 별과 같다고 생각했다. 내가 있는 곳에서 한 존재의 생과 사를 전혀 알아채지 못했다는 점에서, 세상 대부분이 이에 관심을 두지 않는다는 점에서.

2023년 출판사의 첫 책을 다루는 기획3°에 인터뷰어로 참여한 덕에 갓 생겨난 출판사 열 곳을 알게 되었다. 출판사 대표를 만나 인터뷰하면 마지막은 언제나 출판사의 미래를 물으며 마무리했다. 그들은 한결같이 검은 머리 파뿌리 될 때까지—사회가 정한 정년을 넘어서까지, 시력과 체력이 허락하는 순간까지—책의 곁에 머무는 미래를 그렸다. 희망찬 출발 지점에서는 '그 후로 오랫동안 행복하게 살았습니다' 하는 해피 엔딩이 합당했다. 그 기운에 젖은 채 딱 거기까지만 알고 싶었다. 아는 만큼 보인다는 진리 앞에서 모르는 만큼 아름답다는 경험적 생존 본능이 발동했을 테다. 그 때문에『끝, 책』에 관여해 '망한 출판사' 대표에게 인터뷰 요청 메일을 보내면서도 내심 그가 제안을 거절해 주기를 바랐다. 저녁의책이 아니면 끝까지 모른 척할 수 있을 출판사의 슬픈 결말을 굳이 마주하고 싶지 않았기 때문이다.

내 기대와는 달리 오경철은 인터뷰 요청을 수락했다. 저녁의책이 본인 삶의 상흔 같은 것이라고 하면서도 이참에 차

3°
송현정,『출판사의 첫 책』, 출판사 핌, 2024.

분히 그 시절을 돌아보고 싶다고 했다. 인터뷰가 성사된 이상 인터뷰어의 본분을 다하기 위해 자료 조사를 시작했지만 '저녁의책' 정보 대신 '저녁의' 독서를 즐기는 독자들과 그간 발행된 수많은 '책'이 모니터를 채웠다. 잊힐 권리를 보장할 리 없는 온라인 세상에 4년 가까이 실존한 출판사[4]의 역사가 남아 있지 않다니, 의아했다. 오경철을 인터뷰한 「어려운 책, 재밌게 풀어낸 출판계의 '용자'」[5] 이야기에 구미가 당겼지만 링크를 따라가도 페이지를 찾을 수 없었다. 다만 발행인 오경철의 하드디스크에 저장되어 있었을 자료 일부를 넘겨받았다. 그는 '버리지 않기를 잘했네요' 하고 덧붙였다.

작은 서점을 열고 싶었다.
시집과 수필집이 주로 진열되어 있는,
저녁이 되면 조도가 낮은 조명을 켜고
와인이나 브랜디를 한 잔씩 마실 수도 있는 작은 서점.
서점의 이름도 정했다.
저녁책방.

---

[4]
저녁의책은 2016년 4월 1일 문을 열었고, 2020년 1월 31일 폐업했다.

[5]
「어려운 책, 재밌게 풀어낸 출판계의 '용자'…… 1인 출판사 저녁의책 오경철 대표」, FACTOLL, 2017.9.22.

우리는 어떻게 하면 서점을 차릴 수 있을지

계획을 세우기도 했다.

어느 도시, 어느 동네가 좋을지

와인은 어디에서 살지

어떤 음악을 틀어 놓을지까지도.

어느 지나간 여름밤이었던 것 같다.

그런데 시간이 흘러,

저녁책방은 저녁의책이라는 출판사가 되었다.

어쩌다 서점이 출판사가 되었는지 잘 기억이 나지 않는다.

시집과 수필집만 팔아서는 장사가 안 될 것 같다는 걱정을

했던 것 같다.

목이 좋은 곳에 서점을 차리려면

임대료가 비쌀 것 같다는 걱정도 했던 것 같다.

하지만 사실은,

진짜 하고 싶은 일이 책방이 아니라 출판사였기 때문일

것이다.

우리는 지금도 계획을 세운다.

저녁의책에는 브랜드가 하나 더 생길 계획이다.

또, 우리가 만든 책이 잘 팔려서 지금보다 더 자본이 모이면

작은 작업실 겸 직영 서점을 열 계획이다.

여러 가지 계획을 만지작거리는 시간,

진짜 하고 싶은 일에 한 발짝 더 다가서는 시간.
그렇게, 하나씩 시작!

압축된 파일을 풀자 폴더 맨 위에 자리한 한글 문서가 눈에 띄었다. 파일을 여니 저녁의책을 계획하던 때의 마음이 쏟아져 나왔다. 하고 싶은 일을 향한 기대가, 먼 미래에 대한 희망이 가득했다. 낭만과 환상으로 빚어진 글이라고 생각되었지만 발행인은 '그런 걸 생각할 겨를도 없었다'라며 손사래 쳤다. 평온하게만 보이는 시작 이면에 있을 진짜 이야기에 욕심이 났다.

"서점을 운영하는 일이 막연했다면 출판에 대해서는 우리가 확실하게 알고 있다고 생각했을 거예요. 이런 생각이 아니었다면 진짜 하고 싶은 일이라고 표현하지는 않았겠죠. 아내도 저도 출판 편집 경험이 있으니, 그맘때쯤 아 독립하는 다른 편집자들과 비슷하게 자연스러운 흐름 속에서 출판사 창업을 생각하게 됐을 거예요."비슷하게 자연스러운 흐름 속에서 출판사 창업을 생각하게 됐을 거예요."

저녁의책의 시작에서 같은 질문을 던졌다면 지금과 다른 답을 들을 수 있었을까. 자신이 차린 출판사와도, 그 시절의 자신과도 한참 거리를 둔 답변은 우리가 저녁의책이 문을 닫은 시점에서 꽤 멀리 떨어져 있음을 실감하게 했다.

"저축했던 돈과 퇴직금을 끌어모아 카프카, 멜빌, 단테

"처축했던 돈과 퇴직금을 끌어모아 카프카, 밀발, 단테에 관한 외서 세 권을 계약했어요. 관심 있는 작가 위주로 접근했던 거죠. 제가 문학에 관심이 많고 특히 고전을 좋아해요. 일반 독자가 고전을 직접 읽기는 어려울 때 가교가 될 만한 책이 필요하다고 생각했어요. 출판사에 다닐 때부터 이런 책을 기획해서 냈었고요. 아주 크치는 않더라도 시장이 있다고 봤어요."이 있다고 봤어요."

'프란츠 카프카를 좋아했고, 카프카가 쓴 책을 좋아했고, 카프카(의 책)에 관한 책 또한 좋아했'던 저녁의책 발행인은 첫 책으로 '카프카를 깊이 사랑하는 독자들에게 축복이나 다름없'는 책을 펴냈다. 그 뒤로 이어진 '독자를 고전—모비 딕—으로 이끄는 교양서', '책을 사랑하는 사람이라면 좋아하지 않을 수 없는 소설', '읽고 쓰는 사람을 위한 선물 같은 에세이'는 출판사를 시작하며 던진 포부를 그대로 옮겨 놓은 도서 목록이 되었다. 한 권 한 권에 그의 취향이 오롯이 담겨 있었다. 『사랑에 관한 데생』에 등장하는 '대학을 졸업하고 편집자로 일하다가 때려치우고는 아버지가 운영하던 고서점을 물려받은 청년'은 '자립을 한 뒤로 줄곧 책을 만들면서 먹고 살아 온, 헌책방을 차려 볼까 자못 진지하게 생각했던' 발행인이 발견한 책 속 자아인 듯도 했다.6º

"『어쩌면 이것이 카프카』는 첫 책인 만큼 정성을 많이 들였어요. 열론도 제법 탔고 주문도 가지적으로 들어오면 설렜죠. 적당히 탐음 *Daum* 메인 화면에 책이 소개되어 캡처하면 신기해했던 거 기억도 나네요. 제가 마케팅 감각이 있었더라면 후속 조치를 취해서 홍보를 이어갔을 텐데, 기분만 좋았지 더 동력을 더 내지는 못했어요. 대중 독자가 읽기에도 좋은 책인데 더 알리지 못해 아쉬움이 남죠. 정말 재미있는 책이거든요.”

출판사는 첫 책을 초판 2천 부 발행했고, ‘거의 다 팔았다.’ 하지만 책 한 권을 만드는 데 드는 비용을 따져 보면 초판을 소진한 정도의 성적으로는 수익을 낼 수 없다. 첫 책에서 거둬들인 이익으로 다음 책을 제작하려 했던 소박하고 천진한 계획은 빠르게 무산되었다. 출판 종 수가 더해지는 만큼 빚이 늘었다. 저녁의책 도서 목록은 다섯 권째에서 멈췄다. 어떤 구체적인 일들이 출판사를 멈춰 세웠는지는 들을 수 없었다. 발행인은 딱 이만큼의 이야기를 꺼내 놓고 그저 “그러

———

6°
해당 문단 내 작은따옴표로 묶은 부분은 저녁의책 보도자료를 발췌한 것이고,
밑줄 친 문장은 발행인이 페이스북에 남긴 글과 발행인의 책에서 발췌한 것이다.
또한 해당 문단에서 언급되는 네 권과 바로 다음에 언급되는 마지막 한 권까지,
저녁의책 출간 목록은 다음과 같다.
라이너 슈타흐, 『어쩌면 이것이 카프카』, 정향균 옮김, 2017, 품절.
너새니얼 필브릭, 『사악한 책, 모비딕』, 홍한별 옮김, 2017, 구판 절판.
노로 구니노부, 『사랑에 관한 데생』, 송태욱 옮김, 2017, 품절.
와카마쓰 에이스케, 『말의 선물』, 송태욱 옮김, 2018, 구판 절판.
프루 쇼, 『단테의 신곡에 관하여』, 오숙은 옮김, 2019, 구판 절판.

다 보니까 이렇게 됐습니다” 하고 정리할 뿐이었다. 아이러
니하게도 이 한마디에 그가 출판사를 내려놓은 수만 가지 기
제가 담겨 있다고 느껴졌다.

“부채가 더 늘면 갚지 못하게 될 거라는 판단을 했고 폐업을 결정했어요.
마지막 책엔 「단테의 신곡에 관하여」는 낼까 말까 하는 생각도 했죠.
제작비가 크니까요. 하지만 번역이 완성되어 온 원고를 외면할 수 없었어요.
책을 제작하고 유통하는 동안 출판사를 유지하며 해야 할 일은 다 했어요.
자주 술을 마셨죠.”

출판사를 유지하며 해야 할 일은 다 했어요.
자주 술을 마셨죠.”

　　마음이 떠난 자리에서 책을 제작하고, 서점 담당자를 만
나고, 배본하는 발행인의 모습을 상상한 탓에 나도 모르게 탄
식했는데 인터뷰에 동석한 편앉 편집자의 한숨이 내 탄식을
덮었다. 그 뒤로 “우리도 언젠가……!” “당연하죠” 하고 이어
진 편앉 편집자들의 우스갯소리에 나는 따라 웃지 못했다. 호
기심에 출판계를 기웃거리는 일개 독자로서는 농담의 순도
를 알 길이 없거니와 그 근원에 닿지 못하고 어설픈 연민만
더하게 되는 건 아닌지 조심스러웠다.
　　짧은 정적 뒤로 이미 일어난 일에 대한 후회와 하지 않
은 일을 향한 미련이 두서없이 이어졌다. 출판사를 시작하며
냉철하게 계획했다면, 외서 대신 국내 저자의 책으로 시작했
다면, 좀 더 버텨 일곱 번째로 계약한 술에 관한 에세이를 냈
더라면, 자존심을 세우지 않고 친분 있는 작가에게 출간 제의

를 했더라면, 동력을 더 냈더라면……, 출판사를 차리지 않았
더라면.

　'귀한 젊음을 써서 할 만한 일도 아니었다'며 자신의 선
택을 냉소했지만 지금 알고 있는 사실을 그때 알았다면 오경
철은 출판사를 하지 않는 선택을 할 수 있었을까. 저녁의책이
문을 닫은 2019년에서 그가 출판사를 운영했던 4년의 기간
보다 더 멀리 떨어진 2024년 어느 날에 이르러서야 그는 '인
간에게 시달려 책을 좋아하는 마음을 잃을' 위기의 상황에 퇴
사하고 출판사를 차리는 일로 자신을 위로했다고 그때의 선
택을 합리화했다. 기회비용에 대한 미련—출판사에 쓴 돈으
로 젊은 시절 하고 싶었던 공부를 했더라면—은 여전히 추스
르지 못했지만, 이미 한 일에 대한 후회를 벼려 자신에게 맞
는 일을 분명하게 가늠할 수 있게 되었다. 오경철은 저녁의책
을 지나 비로소 책의 곁 가장 편안한 자리에 이르렀고 벌써
세 권의 책을 지어 냈다.[7]

"지금은 돈이 되든 안 되든 하고 싶은 말을 글로 표현하는 게 제일 편한
자리인지라 책을 쓰고 있어요. 주변에서 좋다고 하는 책에 눈 돌리지 않고
읽고 싶은 책을 읽고요.

———

7

『편집후기』, 『아무튼, 헌책: 책에 남은 흔적들의 우주』(제철소, 2024),
『우리말 기본기 다지기: 바른 문장, 섬세한 표현을 위한 맞춤법 표준어 공부』
(교유서가, 2024).

저녁의책을 대체로 출판 기획자로서 제 역할은 끝났다고 생각해요. 심리적으로는 출판계와 많이 멀어진 것 같아요. 위옥 협회분 출판인들을 보면 낯설기까지 하거든요. 전 또 한때는 분명 같은 모습이었을 텐데 말이죠. 다행히 편집은 아직 진절머리가 나지는 않으니 계속하고 있어요. 생계를 유지해야 하기도 했요. 었을 텐데 말이죠. 다행히 편집은 아직 진절머리가 나지는 않으니 계속하고 있어요. 생계를 유지해 야 하기도 하고요."

발행인의 안녕을 확인했지만 부채감이 남았다. 저녁의 책 발행인이 물류업체에 보낸 거래 종료 요청서에서 독자에 게 닿지 못한 책의 최후—폐기—를 마주했기 때문이다. 인 터뷰 준비를 위해 온라인 서점에서 저녁의책 발행 도서를 검 색했을 때 '구매하기' 버튼이 있어야 할 위치에 '품절'과 '절판' 이 번갈아 자리하고 있는 것을 확인했다. 이때만 해도 절판된 책의 최후를 헌책방이나 도서관에서 하릴없이 독자를 기다 리는 것쯤으로 상정했다. 그 끝이 폐기라는 현실은 결이 다른 비극이었다. 존재하지만 알지 못하는 책과 형태를 잃고 사라 져 닿을 수 없는 책이 주는 감각의 차이는 컸다.

거래 종료 요청서

저녁의책이 더 이상 출판사 운영을 하지 않게 되어 물류창고 이용을 종료하고자 합니다.
저녁의책의 모든 도서는 폐기하여 주시기 바랍니다.

(단, 종별 20부씩 보관하여 주시면 추후 방문하여
수령하겠습니다.)
기타 협조가 필요한 사항이 있으면 말씀 부탁드립니다.
감사합니다.

2019년 12월 30일
저녁의책 대표
오경철 드림.

저녁의책의 끝 책인 『단테의 신곡에 관하여』 작가 프루쇼는 이 책을 접한 독자가 '당장 『신곡』을 집어 들어 읽고 싶다는 욕구에 불탔으면' 했다. 저녁의책 발행인 역시 이 책이 독자와 『신곡』을 잇는 징검다리 역할을 하기를 기대했다. 하지만 폐기된 도서와 함께 이들의 의도도 폐기된 것처럼 느껴졌다. 이것이 출판사의 끝이라면 오경철의 표현대로 망한—제 구실을 하지 못하고 끝장나는—결말인 것 같았다.

"제가 폐업을 결정했을 때 교유당 대표님이 책 몇 권을 인수하고 싶다고 권을 하셨어요. 저는 ...고자 했고요. 저녁의책의 흔적이라면 어떤 것도 넘기고 싶지 않았어요. 하지만 정말 괜찮은 책이라 살려두고 싶다 하셔서 거절할 수 없었어요. 책을 진지하게 좋아하는 분이시거든요."

교유당 신정민 대표는 오경철이 문학동네에서 팀장으

로 근무하던 시절 늦깎이 신입 마케터로 입사해 함께 일했다. 이후 같은 시기에 각자의 출판사를 운영하며 애환을 나눠 왔다. 이어진 인연에 책을 좋아하는 성실한 마음이 작용해 저녁의책에서 발행된 책 중 세 권이 절판되지 않고 교유서가에서 재출간되었다. 펴낸 곳과 펴낸 이가 달라졌고 책의 꼴도 바뀌었지만 저자와 발행인의 의도를 고스란히 옮겨와 독자를 만날 가능성을 지닌 채 존재하게 된 것이다.

나는 다시 저녁의책이 이제는 사라진 별과 같다고 생각했다. 별은 가스 덩어리와 티끌 뭉치에서 탄생한다. 불분명한 요인의 합에서 시작된 별은 치열한 진화 과정을 마치면 삶을 마무리한다. 별이 죽으면 별을 구성하고 있던 물질이 방출되는데 이 물질은 우주 공간으로 퍼져 새로운 별과 행성의 재료가 된다. 수명이 다하는 순간이 끝이 아닌 새로운 가능성인 것이다.

저녁의책이 망했다, 폐업했다, 문을 닫았다. 출판사의 끝을 의미하는 단어 중 어느 것도 탐탁지 않던 자리에 '돌아가다'라는 단어를 넣었다. 사라진 별이 우주 공간으로 돌아가듯, 저녁의책을 구성했던 모든 물질이 제자리로 돌아가 출판계를 이루고 있다.

○

인터뷰이 오경철

문학동네, 돌베개, 민음사 등에서 편집자로 일했다. 출판사
저녁의책을 시작하고 끝냈다. 이제는 출판계와 심리적
거리를 두었다지만 여전히 읽고 쓰고 다듬으며 책을 대한다.
진자리든 마른자리든 그에게는 책의 곁자리가 잘 어울린다.

—

만난 때, 곳 2024년 10월 17일 저녁 7시, PLATFORM P 3층
회의실

할 일이 있을 때는 끝을 생각하기 어렵다[1]

끝을 찾는 일을 쉽게 여겼다. 시작이 있으면 끝도 있으니 시작을 따라가 끝을 낚아내면 되었다. 그런데 시작이 반이고 결과보다 과정이 중요하다 보니, '시작'과 '과정'에 자리를 전부 내어 준 끝은 도통 눈에 띄지 않았다. 어디에서 끝을 찾아야 할지 갈피를 잡지 못하고 있을 때, 열린책들 북디자이너 함지은의 퇴사 소식을 들었다.

열린책들이라면 나도 아는 유명한 출판사이다. 누렇게 바랜 채 우리 집 책장에 꽂힌 베르나르 베르베르의 『나무』(뫼비우스 그림, 이세욱 옮김)가 2003년 판인 걸 보면 나와 열린책들은 제법 오래된 사이이다. 고전 읽기 바람에 휩쓸려 구매한 '열린책들 세계문학 001' 『죄와 벌』은 여전히 제목만 아는 책이지만 2014년 발행된 세계문학 판 16쇄는 10년 넘게 책장을 떠나지 않고 읽힐 날을 기다리고 있다. 첫 책 출간을 준비하며 한글 맞춤법부터 도서 제작의 기초까지 톡톡한 도움을 받은 『열린책들 편집 매뉴얼』이 2021년 판이니 나와 출판사 열린책들은 끈끈하지는 않아도 드문드문 안부를 확인하는, 여

알랭 드 보통의 『일의 기쁨과 슬픔』(정영목 옮김, 은행나무, 2012)에 있는 문장 "할 일이 있을 때는 죽음을 생각하기가 어렵다"(367쪽)를 변형했다.

전히 유효한 연락처를 지닌 사이쯤은 된다.

그러나 북디자이너 함지은은 나로서는 처음 듣는 이름이었다. 함지은의 이름이 언급되자 함께 있던 출판인들이 술렁였다. 나는 어리둥절한 채로 스마트폰 검색창을 열어 '북디자이너 함지은'을 적어 넣고 재빨리 본류에 합류했다.

함지은은 북디자인 스튜디오 상록의 대표이다. 2024년까지는 열린책들에서 디자인팀장으로 근무했다. 그가 디자인한 베르나르 베르베르의 『죽음』(전미연 옮김, 2019)은 2019년 '올해의 북디자인'에 선정되었고, 로베르토 볼라뇨의 『2666』(송병선 옮김, 2023)은 2024년 '한국에서 가장 아름다운 책'에 뽑혔다. 2025년 '한국에서 가장 아름다운 책' 열 권 중 무려 두 권을 함지은이 디자인했다. 종이로 제작된 제작물 중 우수한 작품을 선정하여 시상하는 '인스퍼어워드'에는 2022년부터 2024년까지 매해 그의 이름이 올랐다.

출판계에 끼어들어 알게 된 인물 중 허투루 넘길 수 있는 이는 한 명도 없었다. 평범함으로 위장해 거리에서라면 무심히 지나쳤을 '행인 1'은 알고 보면 능력 있는 편집자, 출중한 출판사 대표, 뛰어난 번역가였다. 그중 두 개 이상의 역할을 동시에 해내는 괴력의 출판인일지언정 일개 독자인 나로서는 그 힘을 알아차릴 방도가 없었다. 구독자 수가 수만이 넘는 유튜브 채널을 운영하거나 일간신문에 대문짝만하게 실려 '나도 아는 유명한 사람'이 된 출판인 서너 명을 제외하면 이 세계 인물 대다수는 책 뒤에 숨어 있다. 수백 수천 권의 책에 관여한 이라도 한 권 한 권 판권면을 들춰서야 존재를 확인할 수 있을 뿐이다.

그런데 화려한 이력을 소유한 출판계 능력자가 인하우스 디자이너 경력을 마무리 짓고 독립했다니, 그 거취가 어느 날 어느 시간 출판계 한 귀퉁이를 들썩이게 하다니. 왜? 호기심이 절로 발동했다. 함지은은 어떤 연유로 열린책들을 떠나게 되었을까. 그 끝은 어땠을까. 함지은의 끝을 『끝, 책』과 엮어 내고 싶다는 욕심이 생겼다.

"SNS에 상록을 소개하는 글을 짧게 적었어요. '언제나 푸른, 오래 곁에 두고 보아도 늘 아름다운 책을 만들겠습니다'라고요. 이름이 제 독립 이유를 가장 잘 표현한 것 같아요. 아름다운 책을 더 많이 만들고 싶어서 상록을 차렸다고 봐 주시면 좋겠습니다."

함지은은 끝을 묻는 말에 시작으로 답했다. 눈동냥 한 바에 따르면 출판계의 이직 사유는 '불합리한 업무 지시, 꽉 막혀 있는 경직된 조직, 직원을 대하는 낡은 방식 등등'[20] 무궁무진했기 때문에 그를 퇴사로 이끌었을 백만 가지 요인에

---

[20] 에디터리, 「이직의 기술─꿈과 희망은 없고 다만 후회하지 않도록」, 브런치스토리, 2021.3.5. https://brunch.co.kr/@81231004/35

맞장구칠 준비가 되어 있었다. 하지만 '책을 더 많이 만들고 싶어서, 일을 더 하고 싶어서'라는 진취적 사유를 되받아넘길 말을 찾지 못해 당황했다. 회사를 떠난 소회를 묻고는 한 번 더 버벅댔다.

"~~열린책들에서 나올 멋진 책들을 생각하니 퇴계 아쉬웠어요. 앞으로 발간될 책을 계속 디자인하고 싶다는 마음도 있었거든요. 퇴사를 결정하고 아무 일 없이, 조용히 맡은 일을 잘 마무리해야겠다고 생각했는데 마지막 작업을 하며 자연스럽게 제가 퇴산한다는 사실이 알려져서 정말 많은 분께 응원을 받았어요. 어디서든 잘할 거란 얘기를 해 줬는데 진심이 느껴져서 감동이었어요. 함께 재미있게 일했던 기억이 남아 있어서 동료들과 헤어지는 게 제일 아쉬웠던 것 같아요.~~". 함께 재미있게 일했던 기억이 남아 있어서 동료들과 헤어지는 게 제일 아쉬웠던 것 같아요."

떠나기로 결심해 놓고 일과 사람에 미련이 남아 쉽게 발을 떼지 못하는 퇴사자와 떠나는 이의 앞길을 축복'만' 해 주는 동료들이라니. '면접 시 이직 사유 – Best 답변'에서 본 이야기인 듯, '면접관이 믿지 않는 이직 사유 1위'에 오른 이야기인 듯도 했다.

현실에 유토피아가 있다면 출판계가 아닐까 하고 생각한 적이 있다. '출판 시장의 목적은 각자 좋은 책을 만들어 독자에게 잘 소개하는 것일 뿐, 서로 이겨 먹으려고 하지 않아 마음에 든다'라는 박정민 배우(이자 출판사 무제 대표)의 인터뷰[3]에 고개를 주억거리며 공감하기도 했다. (현실이 어떻든)

함지은의 답변은 아름답기만 해서, 이번 인터뷰로 내 눈에 쓰인 '출판계 콩깍지'가 한 꺼풀 더 단단해지겠구나 직감했다. 속세의 내가 기대한 악랄하고 냉정하며 서슴없는 끝을 함지은에게서 캐내지 못할 수 있겠다는 어슴푸레한 예감도 함께였다.

나는 끝을 찾아 여기에 왔다. 정신을 가다듬고 다음 질문을 꺼냈다. 함지은을 퇴사에 이르게 한 계기가 있을 거였다.

"퇴사에 특별한 계기가 있었던 건 아니에요. 서울출판예비학교(SBI)에서 북디자인을 배웠어요. 그곳에서 선배 디자이너들을 많이 만났죠. 선배 디자이너분들께서 공통으로 하신 말씀이 '앞으론 10년 동안은 다른 생각 하지 말고 그냥 일을 하면 된다'라는 거였어요. 이 말을 따르다 보니 10년일 침 넘었어요. 선배들께서 그쯤이면 방향성이 보일 거라고 하셨는데, 말씀대로 10년을 채우고 나니 이제 다음 스텝을 고민해 봐야겠다는 생각이 들더라고요. 자연스럽게 이제 혼자 해도 되지 않을까

30 LIFEPLUS TV, 〈배우 박정민이 출판업에 매력을 느낀 진짜 이유 LIFEPLUS PEOPLE ep.11〉, 2025.7.3. https://youtu.be/Bshlt8dp09g?si=LXaCd6gD9yumUwP-

하는 생각에 이르렀고요.”

함지은은 인하우스 디자이너로 10년을 꽉 채워 일하고 독립했다. 북디자인 스튜디오 씨디자인에서 3년 반, 열린책들에서 6년 반. 10년은 1만 시간의 법칙을 따른 이가 역사에 발자취를 남길 조건을 갖출 농도 짙은 시간이다. 강산이 변할 만큼 긴 기간이기도 하다. ‘SBI 졸업생의 절반가량이 3년 뒤에는 출판계를 떠난다’는 도시 전설[4]을 들은 후여서인지 이 시간에 중한 의미를 담고 싶었는데, 함지은은 도리어 담백했다. 앞서 걸은 이들의 조언을 당연하게 받아들였고 자신이 선택한 길을 의심 없이 걸었다. 퇴사는 순리대로 일어났다.

한 번 더 헛다리를 짚었지만 어쩐지 발을 딛는 곳마다 꽃밭이다. 계속되는 무해한 답변에 범속한 현실을 얼마쯤 벗어난 기분이 들었다. 삐걱대는 끝을 예상하며 던진 질문을 거둬들일 방법은 없으니 시치미를 떼고 함지은의 페이스에 말려들고 싶기도 했다.

그럼에도 나는 나의 일을 해야 하기에, 함지은이 인하우스 디자이너로서 마지막으로 작업한 책을 들췄다. 이 속에는 내가 찾는 끝이 있을지도 모른다.

---

[4] 신동해(웅진씽크빅 단행본사업본부장), 「출판계 세대교체의 현주소 - 젊은 출판인들의 불안과 그 이유」, 『출판N』 22호, 2021.6.10.

함지은이 열린책들에서 마지막으로 작업한 책은 CJ 하우저의 『두루미 아내: 나를 만든 사랑과 이별의 궤적들』(서제인 옮김, 2024)이다. 함지은의 끝을 조사하며 알게 된 책이어서인지 무엇보다 제목 아래 놓인 부제가 눈에 들어왔다. '나를 만든 사랑과 이별의 궤적들'. 단어 하나하나에 의미를 부여하고 싶어지는 글귀였다. 사랑이든 이별이든, 이 책이 함지은이 끝을 향하며 그려 온 궤적을 살필 실마리가 되어 주지 않을까.

"팀장인 제가 일정에 따라 디자인 업무를 배분해요. 『두루미 아내』도 그랬고요. 담당 편집자가 디자인을 의뢰하며 이 작품이 유머러스하다는 점을 강조했어요. 488면으로 분량이 많은 편이지만 에세이라는 걸 염두에 두고 담당 편집자가 부각한 느낌을 살리는 방향으로 작업했습니다. 표지 디자인은 저작권사나 원작자가 의견을 주는 경우도 있지만 『두루미 아내』는 별다른 제약이 없었어요. 원서와는 다르게 두루미 일러스트나 드로잉을 사용해 시안 작업을 했고 그중 별타잔한 표현이 매력적인 시안으로 최종 결정되었어요. 이번 작업은 일정상 본문 작업은 퇴사 전에, 표지 디자인과 데이터 마감은 그 후에 진행했어요. 상록 사무실이 마련되기 전이라 퇴사 후에는 방 한쪽에 작업공간을 마련해 놓고 집에서 작업했던 것이 기억에 남아요. 표지 디자인은 마지막 작업이라 보내기 전 이슈화하게 처리했던 것들도 한 번 더 확인하는 책이 마련되더라고요. 작업이 완료되면 원본 파일과 인쇄용 PDF 파일, 완성된 책 표지 이미지 같은 것들을 정리해 놓는데, 제가 아닌 다른 분이 이어서 작업을 하신다고 생각하니 평소보다 신경이 더 많이 쓰여 꼼꼼하게 검토했어요. 데이터가 누락되면 작업에 어려움이 있을 수 있거든요."인 파일과 인쇄용 PDF 파일, 완성된 책 표지 이미지 같은 것들을 정리해 놓는데, 제가 아닌 다른 분이 이어서 작업을 하신다고 생각하니 평소보다 신경이 더 많이 쓰여 꼼꼼하게 검토했어요. 데이터가 누락되면 작업에 어려움이 있을 수 있거든요."

작업은 잘 짜인 공정을 따라 진행된다. 마지막 작업이라고 다르지 않았다. 일상적인 과정을 밟아 시작되고 마무리되었다. 원고를 받아 들며 시작돼 책이 물성을 갖추고 나오면 끝나는, 분명 처음과 끝이 있는 작업이다. 그런데 분명한 시작과는 달리 작업의 끝은 언제나 열린 결말인 듯했다. 디자이너는 작업을 끝맺으며 계속될 작업을 염두에 둔다. 작업이 완료되어 정갈하게 정리된 파일은 그 순간부터 다시 열릴 가능성을 품는다.

함지은의 이야기를 곱씹다 내가 바란 끝이 이별이었다는 걸 깨달았다. 하지만 손을 털고 기억에서 지우는, 선을 긋고 돌아서는 끝은 이곳에 없다. 종료된 작업은 홍보물이 필요하면 소환되고, 재쇄가 결정되면 기쁘게 다시 이어진다.

끝을 탐하는 바람에 함지은의 속뜻을 놓쳤다. 그는 처음부터 이 일에 마침표를 찍을 순간은 없었다고 말하고 있었다. 그도 그럴 것이 함지은은 퇴사하고도 옛 동료들이 열린책들에서 의뢰한 북디자인 작업을 맡고 있고, 비슷한 시기에 독립한 열린책들 홍유진 기획이사와 출판사 에피케의 첫 책 작업을 함께 했다. 일정상 거절했던 작업과는 퇴사 후 다시 연이 닿았다. 끝은 시작에 닿아 원을 그리며 이어졌다.

함지은의 끝은 매번 시작과 닿아 있는 듯했다. 그렇다면 함지은의 끝을 따라 시작으로 가 보기로 했다.

함지은은 홍익대학교에서 회화를 전공했다. 졸업 후 첫 직장은 광고대행사였다. 외부로 향하는 업무가 성향에 맞지 않아 1년 정도 다니다 그만두고 적성에 맞는 일을 찾기로 했다.

북디자인을 시작한 계기를 이야기하며 함지은은 조금 멋쩍어했다. 항상 받는 질문에 매번 당연한 대답을 하게 된다는 거였다. 어릴 때부터 책을 좋아했고 서양화를 전공하며 아름다운 것을 추구해 왔다. 책과 아름다움. 이 둘을 좇으니 북디자인에 닿았다. SBI를 수료하고 북디자인 스튜디오 씨디자인에서 책 만드는 일을 시작했다.

북디자인은 처음부터 너무나 재미있었다. 책을 만들 수 있다는 것 자체만으로도 너무 좋아서 '그냥' '막' '더' 일하고 싶었다. 덕분에 첫 직장에서 다양한 분야의 책을 접했다. 돌아보면 업무량이 정말 많았는데도 힘든 줄 모르고 일 욕심을 냈다. '그냥' '막' '더' 커진 욕심은 못해 본 분야로 향했고 입사한 지 3년 반을 지날 즈음 미메시스로 이직했다.

미메시스는 열린책들의 자회사이다. 2005년 설립돼 주로 예술 전문 서적을 출간한다. 함지은은 2018년에 미메시스에 입사해 디자인팀 팀원으로 1년을 보냈다. 미메시스는

2019년 열린책들과 합병했고 두 회사가 합쳐지며 디자인팀도 통합되었다. 공석인 팀장직이 함지은에게 맡겨졌다.

열린책들이 쌓아 온 디자인 헤리티지는 분명했고, 전임 팀장 앞에는 '북디자인 트렌드를 이끄는', '2010년대 이후 한국 북디자인의 새로운 시대를 연 디자이너 중 한 명'이라는 수식어가 붙어 있었다. 4년 남짓 경력을 쌓은 팀원이 그 자리를 책임져야 한다니. 내 일이 아닌데도 부담감에 숨이 턱 막혔다.

"제 능력에 비해 큰 자리에 갑자기 놓이게 되었어요. 책임도 컸고 부담도 묵직했죠. 잘하지 않으면 안 됐어요."

함지은은 이 상황을 두고 '운이 좋았다'라고 했다. 해내야 한다는 명확한 목표가 있으니 그것만 보고 갈 수 있어 오히려 마음이 편했다는 거다. 잘해야 하는 자리에서 애를 쓴 덕에 성장할 수 있었다는 논리에 기시감이 들었다.

어째서 내가 만난 출판인들은 하나같이 스스로에게 소명을 내리고 '해야 하기 때문에' 해내는지. 앞에 놓인 일을 피하는 선택지는 없다는 듯 자빠지고 고꾸라지면서도 전진하는 이들을 보며 내가 할 수 있는 일은 감탄을 내뱉는 것뿐이었다. 함지은도 이들과 다르지 않았다. 부담을 동력 삼아 나아가는 모습에 '독자로서 당신들에게 내 미래를 위탁했노라'라고 고백하지 않을 수 없었다.

죽음은 삶과 나란히 걸으면서도 도무지 존재를 드러내는 법이 없다. 그런데 일에 있어 기쁨과 슬픔의 관계는 좀 다른 듯하다. 일의 기쁨 뒤에는 어김없이 괴로움이 나타나 자신의 존재를 과시한다. 얄밉게도 빈번히 등장해 잊을 겨를을 주지 않는다. 함지은의 일도 크게 다르지 않을 거라 짐작된다. 이러나저러나 일 아닌가. 그럼에도 함지은은 인터뷰 내내 일의 기쁨만을 꺼내 들려주었다.

이번 인터뷰를 통해 책 만드는 과정을 더 상세히 알게 되었다. '기획 - 원고 집필 - 편집 - 디자인 - 인쇄 - 출간 - 유통 - 홍보·마케팅'. 멀리서 보면 유유히 흐르는 출판 과정을 줌인하면 북디자이너가 '판면의 하단 여백을 25㎜로 할 것인지 22.6㎜로 할 것인지, 첫 행 들여쓰기는 3.35㎜가 좋을지 3.3㎜가 좋을지, 본문 시작을 9행부터 할 것인지 10행이 좋을지'[5] 심사숙고하고 있다. 눈이 둔한 독자는 보여도 보지 못하는 요소이다. 독자를 유혹하는 표지 디자인이나 작가의 의도를 헤아리기 좋은 글자체, 행간을 읽어 내기에 적절한 행간을 정하는 일은 앞에서 한 '헛된' 숙고에 비하면 독자와 대면

---

[5] 『열린책들 편집 매뉴얼 2021』(열린책들 편집부 엮음, 2021) 제4부 "열린책들 편집 및 판면 디자인 원칙" 제2장 "열린책들 판면 디자인" 제2절 "본문 디자인 예시" 중 '1. 열린책들 소설 기본 포맷'과 '2. 열린책들 소설 신(新) 포맷'을 비교했다.

하는 수준의 일이다.[6]

물론 이건 함지은이 들려준 이야기가 아니다. 함지은은 수면 아래에서 발을 젓는 모습을 보여 주지 않기로 작정한 것 같았기 때문에 나는 『열린책들 편집 매뉴얼 2021』을 읽으며 북디자이너의 슬픔을 독학했다. (책은 스승이 맞다.)

"어려움도 많고 부담도 큰 작업이에요. 잠시만 안 잡히면 괴롭고, 체력이 떨어질 때도 있고요. 모르겠지만 원초적으로 '좋아하니까 해야지' 하고 생각하는 것 같아요."

함지은은 자주 이 일이 '좋다'고 말했다. (집념을 발휘해 세어 보니 2분에 한 번꼴이다.) 일이 좋다니. 10년 차 직업인에게 듣기에는 어색한 말이라, 어떤 의미가 담겨 있는지 물어야 했다. 그는 제법 뜸을 들이고는 '그냥 좋다'라고 답했다. 원고 상태로 글을 읽을 때도, 책이 물성을 갖고 나왔을 때도, 작업하는 정적인 시간도 좋아서 하면 할수록 이 일이 더 좋아진다고 했다. 그중 디자인을 언급한 독자의 칭찬이 가장 좋다고 말할 때 함지은의 얼굴은 장난감을 한아름 안은 아이마냥 천

---

[6]

행간(行間): 1. 쓰거나 인쇄한 글의 줄과 줄 사이.

2. 글에 직접적으로 나타나 있지 아니하나 그 글을 통하여 나타내려고 하는
숨은 뜻을 비유적으로 이르는 말.

진했다. 그의 '북디자인 예찬'을 잠시나마 의심한 것이 부끄러워졌다.

함지은은 북디자인이 책이 내는 목소리를 듣는 일이라고 했다. 원고를 읽다 보면 책이 하는 말이 시각 이미지로 떠오른다. 이미지가 그려지지 않으면 원고로 돌아가 반복해 읽는 수고를 들이는 수밖에 없다. 듣는 이가 수고롭지 않게끔, 함지은의 목소리는 분명했다. 한결같이 북디자인의 기쁨을 말했고, 요소요소를 빛내 이정표를 세웠다. 이정표를 따르니 함지은이 이 일을 끝낼 수 없는 이유가 선명히 보였다.

○

인터뷰이 함지은
책을 좋아하고 아름다운 것을 추구한다. 씨디자인에서
디자이너로, 열린책들에서 디자인팀장으로 일했다.
북디자인 스튜디오 상록의 대표이다. '워라밸'을 고민하다
북디자인과 삶을 나눌 수 없다는 것을 깨달았다. 일과 개인의
삶 가운데서 균형을 맞추는 대신 둘을 한데 모아 중심을
잡고 산다.
—
만난 때, 곳 2025년 3월 5일 오후 2시, 북디자인 스튜디오
상록 사무실

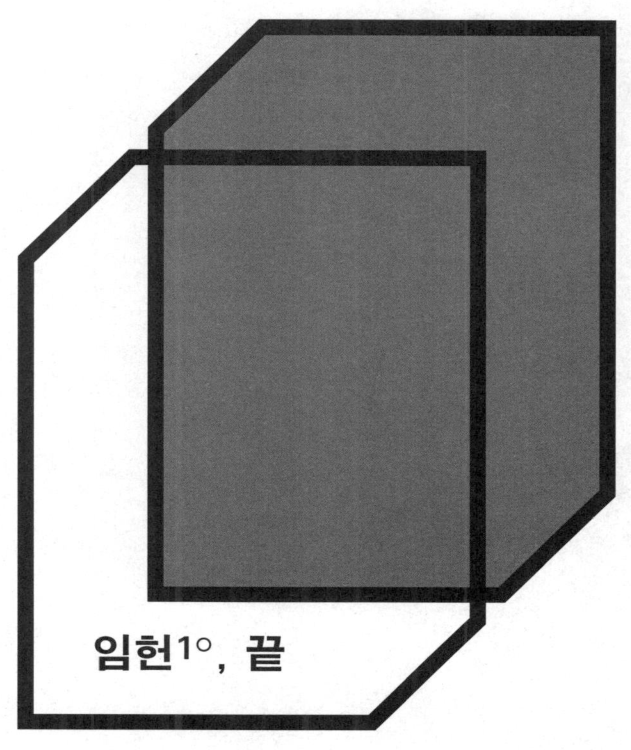

임헌1°, 끝

———

1°

어린이책 편집자. 어느 출판사에서 창작동화, 그림책, 창작만화, 지식정보책 등
다양한 어린이책을 만들고 있다. 『싯다르타』(헤르만 헤세, 박병덕 옮김, 민음사,
2002)를 다시 읽고 있다.

우린 결국 책의 끝을 마주하지만 (1)

<u>"편집자를 그만두면 어떤 일이 벌어질까?"</u>
어느 편집자의 마음속 풍경

대학 시절을 떠올리면 커다란 느티나무가 먼저 떠오른다. 그것도 교정이 아닌 절 마당에 우뚝 서 있는.

미대 뒤편, 교정과 야산이 애매하게 뒤엉킨 공간을 지나면 대학교 후문이 있었다. 후문에서 시작돼 빌라촌을 가로지르는 아스팔트 길을 쭉 따라 걸으면 4차선 도로가 나왔고, 그 건너편에 고즈넉한 절이 자리했다. 대학교 뒤편에 절이 있다는 사실은 신입생 때부터 내 관심을 끌어서 종종 찾곤 했다. 아무래도 속세와 출세간(出世間)이 도로라는 물리적인 경계선으로 나뉘는 풍경이 퍽 인상 깊었다.

절 마당에 있던 느티나무는 보호수였는데 무려 300년을 넘게 산 나무라고 했다. 나무둥치가 두 팔을 벌려도 껴안을 수 없을 만큼 굵었다. 나와는 비교도 안 되게 오래 산 나무를 물끄러미 바라보다 보면 마음속을 떠다니는 고민이 잠시나마 무상하게 느껴졌다. 아르바이트, 인간관계, 스펙, 취업…… 나를 짓누르는 낱말들이 뿔뿔이 흩어지는 그 느낌이 좋아서 졸업이 가까워질 무렵, 나는 절을 자주 찾았다. 그리고 절에 갈 때마다 향냄새 가득한 대웅전 부처님 아래서, 느티나무 맞은편 미륵부처님 앞에서 합장하고 읊조렸다. "제

발, 졸업과 동시에 취업할 수 있게 해 주세요."

내가 전공한 학과는 어린이 문학을 배우는 곳이었다. 난 원래부터 어린이책을 좋아했고, 내 전공을 좋아할 수밖에 없었다. 그러나 안타깝게도 취업 앞에서는 한없이 애매해졌다. 몇몇 친구들처럼 취업에 도움 되는 길을 선택할지 아니면 좋아하는 것과 계속 함께할지, 두 마음 사이에서 아슬아슬한 줄타기를 이어 갔다. 단호한 성정이었다면 좀 더 편했으련만 나는 그러질 못했다. 당연하게도 대학 생활은 즐거웠지만 한편으로 불안함과 열패감이 늘 함께였다.

이렇게 갈팡질팡하던 나는 절에 자주 찾아간 덕분인지 대학교 마지막 학기 때 서울출판예비학교(이후부터 출판학교)에 합격하게 되었다. 어린이책 편집자가 되어 좋아하는 것 가까이에서 일할 수 있는 기회를 얻은 것이다. 이후 출판사에 입사해 책을 만들며 하루하루 보냈고 대학 시절에 불붙었던 불안은 꺼질 줄 알았다. 그러나 기대와 달리, 나뭇잎 더미에 몸을 웅크린 불티처럼 불안은 제 몸을 꺼트리지 않고 미명(微明)으로 끈질기게 타올랐다.

언제까지 편집자로 일할 수 있을까?

편집자를 그만두면 어떤 일과 마주하게 될까?

전혀 다른 분야로 나아갈 수 있을까?

책 곁에서 일한 경험은 새로운 곳에서도 도움이 될까?

그러다 시간이 갈수록 불티는 커지더니 구체적인 물음이 되어 활활 타올랐다.

'사라진 출판사, 출판계를 떠난 사람들의 이야기를 들어 본다'는 이 책의 기획 의도를 처음 들었을 때, 내가 가장 흥미를 느낀 지점은 바로 위 질문들에 대한 나름의 답을 찾을 수 있을지도 모른다는 점이었다. 그리고 동시에 반짝하고 소윤이 떠올랐다.

나는 소윤을 출판학교에서 처음 만났다. 우리는 두 번의 계절이 바뀌는 동안 함께 공부하다가 각자 편집자가 되었다. 소윤은 1년 넘게 편집자로 일했고, 지금은 스탠드업 코미디언이 되어 무대에 오른다. 올 7월에는 『꽤 낙천적인 아이』(민음사, 2025)를 출간하며 멋지게 소설가로도 데뷔했다.

내가 함께하며 느낀 소윤은 굉장히 선명한 사람이었다. 선택지 앞에서 애매하게 망설이는 나와는 다르게, 자기가 무엇을 바라고 좋아하는지 분명히 알고 목적지를 향해 맹렬히 달릴 줄 알았다. 내가 갖길 바라던 단호한 성정을 단단히 갖춘 사람. 무엇보다 그는 내가 답을 찾고 있는 질문 건너편에서 있었다. 그런 소윤과 출판계—여전히 내가 일하고 있고, 그가 잠시 머물렀던—에 관해서, 또 책에 관해서 말하고 싶었다. 다행히 이런 바람이 닿아서 소윤과 서면으로 이야기를 주고받을 수 있었다.

그렇다. 당당히 고백하자면 지금부터 읽게 될 글은 굉장히 소박하고 지극히 개인적인 이야기이다. 한 산업을 관통하는 담론을 다룰 거라 기대한 독자분들에게는 죄송할 따름이다. 대신 어느 편집자의 고민에서 시작된 글을 읽으며 출판계의 한 풍경을 나름 그려 볼 수는 있을 것이다.

출판계에서 일하고 있고, 이 산업이 아주 오래전부터 야기하는 불안함(거짓말을 조금 보태 출판계가 힘들다는 말을 나는 거의 초등학생 때부터 들어 왔다)에 중독되어 있는, 출판사를 그만두고 무엇을 할 수 있을지 떠올려 보라고 했을 때 '1인 출판사'나 '동네책방'밖에 떠올리지 못하는 아주 빈약한 상상력을 지닌 나와 같은 사람들에게 이 글이 조금 신선한 바람이 되지 않을까. 마치 내게 그랬던 것처럼.

"다르다는 생각을 해 본 적이 없는 것 같아"
책상에서 이제는 무대 위로

인터뷰 질문지를 준비하는 동안 출판학교 시절이 새삼스레 떠올랐다. 출판학교에 입학하는 과정은 쉽지 않다. 서류 심사, 필기시험, 최종 면접까지 총 3번의 관문을 지나야 한다. 게다가 사양 산업으로 불리는 출판계지만 책 만들기를 꿈꾸는 사람들은 여전히 존재하는데, 출판사가 신입을 잘 뽑지 못하는 상황과 맞물리며 생각보다 경쟁률이 높다. 무엇보다 아직 책 만든 경험이 없는 상태에서 책에 얼마나 진심인지, 책 만드는 일에 대해 얼마나 진지한 철학을 갖고 있는지 증명한다는 건 참 곤혹스러웠다. 편집자반에서 만난 친구들은 모두 책에 대한 열의로 가득했다. 좁은 공간에서 책을 좋아하는 24명의 사람이 만났으니 그럴 법도 했다. 세상에 똑같은 책이 없듯, 편집자가 되고자 하는(될 수밖에 없는) 까닭도 24명이 전부 달랐을 것이다. 나는 출판이라는 세계에 발을 들인 소윤의 첫 마음에 대해 들어 보고 싶었다. 왜 이곳에 발을 들였는지, 이곳에서 보낸 시간은 어땠는지 궁금했다.

오랜만에 펼쳐 본 출판학교 교육발표회 자료집, 거기 실린 소윤의 글에는 많은 경험이 묻어났다. 활동가, 대학생 기자, 전시 공간 매니저…… 이런 여러 경험을 한 뒤에, 왜 편집자의 길을 선택했는지 물어보았다. 내 질문에 소윤은 "타인에 대한 평가나 막연한 온정에 문제의식을 가지고 있던 때"라며 말문을 열었다.

"『길 하나 건너면 별량 끝』(봄날, 반비, 2019)을 읽고 당사자의 목소리를 듣는 기쁨과 힘을 체감했지. 큰 목소리를 가진 화자들을 찾아 마이크를 쥐여 주고 싶다고 생각했어."

책을 만든다는 건 어떤 경험을 담는 일이기도 하다. 흰 바탕 위 까만 활자 안에 그냥 흩어져서는 안 되는 목소리들을 싣는 것이다. 관심 없어 하는 타인에게 어떤 문제를 들여다보게 하고 서로 연결 짓는 일. 책의 전지전능함을 주장하려는 건 아니다. 그러나 책은 분명 좋은 변화를 끌어내는 가능성이 될 수 있다. 소윤도 책의 이런 특성에 매력을 느낀 게 아닐까, 소중한 목소리를 찾는 일을 하고 싶었다는 말에 공감되었다.

좀 더 나아가 편집자로 보낸 일상에 대해 들어 보고 싶었다. 모든 일이 그렇지만 책 만드는 일에는 육체적으로도 감정적으로도 수고로운 순간들이 참 많이 따른다. 사소한 것에

뿌듯해하다가 사소한 것에 목숨 걸어야 해서 환멸을 느끼기
도 한다. 띄어쓰기 한 칸에도 감정이 널뛰는 찰나들.

너는 책을 만들 때 보람을 느낀 순간이 있었니? 아니면
실망한 적은? 아주 사소하고 작은 거라도 괜찮아.

이런 다채로운 장면들을 잘 들여다볼 수 있는 키워드가
무엇일지 생각하다가 '보람'을 꺼내 들었다.

"원고 성격상 제목을 정하기 굉장히 어려운 책이 있었는데 기막힌 제목을
뽑은 적이 있어. 작가님도 놀라셨을 만큼. 가끔 사실 나는 보도자료 쓰는 걸
좋아하는 편이었어. 책의 크고 작을 면먹을 짚고 갈 수 있는 기회, 일종의
독법을 제시할 수 있는 기회잖아."

제목 정하는 일은 부담이 크다. 편집 과정 거의 막바지
에 정하는데, 그쯤 편집자는 탈력감(脫力感)에 빠질 때가 많
다. 그러나 책에 영혼을 불어넣는 일인 만큼 대충 넘길 수도
없다. 인고의 시간을 거쳐, 마치 쥐어짜 내듯 제목 후보들을
떠올리지만 이미 똑같은 제목이 있거나 비슷한 제목이 많아
서 우울해지기 십상이다. 그런데 기막힌 제목을 뽑았다니!
얼마나 기뻤을까? 더불어 대부분의 편집자들이 가장 골머리
앓는 보도자료 쓰기를 좋아한다는 말도 참 놀라웠다.

동시에 궁금해졌다. 편집자 업무 가운데서 하기 싫고 또
어렵기로 손꼽는 일들을 척척 해내던 소윤은 왜 출판계를 떠
날 마음을 먹게 되었는지 말이다. 게다가 우리는 꽤 험난한

과정을 거쳐 출판학교에 들어왔고, 편집자로서 소양을 기르기 위해 부단히 노력하기도 했다. 무엇이 그를 다시금 낯선 세계로 나서게 만들었을까?

"조율하고, 수정하고, 부탁하고, 이 과정을 거치면서 진이 쏙 빠졌지."

소윤은 협업의 어려움에 대해 짧게 토로했다. "상상 이상이었다"는 말에는 절로 고개가 끄덕여졌다. 편집자의 역할을 종종 '다리'에 비유하곤 하는데, 그건 비유가 아니라 사실이다. 편집자는 책과 관련된 모든 사람과 소통해야 한다. 의견 충돌은 번번이 일어나고, 때론 서로 날을 세우는 작업자들 사이에서 중재자 노릇을 해야 할 때도 있다. 나 또한 이것들을 편집자의 업무로 받아들이기까지 힘든 시간을 보냈기에 충분히 공감할 수 있었다.

그러나 한편으로 두렵지 않았을까? 익숙한 곳을 떠나는 것이 말이다. 다시 길을 나서면 '무엇이 되기까지 견뎌야 하는' 그 막연함과 필연적으로 마주해야 했다.

편집자를 그만두고 마주한 세상은 어땠는지 궁금해. 나라면 조금 두렵기도 했을 것 같아.

소윤에게 내 자아가 가득 투영된 질문을 할 수밖에 없었다. 소윤은 "전혀 두렵지 않았어"라고 첫마디를 건넸다. "편집자들은 어디서 뭘 하든 굶고 살 일은 없을걸? 편집자들보다 더 육각형 인재인 사람들을 난 어디서도 본 적이 없어"라는 대답에서 소윤의 목소리는 당당하고 카랑카랑했다. 어떻게 '전혀 다른 스탠드업 코미디'라는 세계로 갈 수 있었냐는 뒤이은 내 질문에 소윤은 또 이렇게 답했다.

"다르다는 생각을 해 본 적이 없는 것 같아. 일단 스탠드업 코미디 보는 걸 워낙 좋아했는데, 훌륭한 스페셜 쇼를 볼 때마다 대개 좋아하는 문학 속 화자가 툭 튀어나와 말하는 것 같은 인상을 받곤 했거든. 냉소적이고 툴툴대고 자기혐오가 있는 그런 화자들 말이야. 『호밀밭의 파수꾼』이나 빌 브라이슨의 화자 같은! 영미권에서는 스탠드업 코미디언이 책을 출간하고 시나리오를 쓰고, 이런 작업을 하는 게 아주 흔한 일이기도 해. 스탠드업 코미디와 출판이 떼려야 뗄 수 없는 관계를 맺고 있지."

두 차례에 걸친 질문은 이번 인터뷰에서 가장 핵심이 되는 물음이었다. 내 오래된 불안에서 피어났기 때문이다. 그동안 출판계를 좁다고만 생각했다. 좁은 세계에 살던 주민이기에 그곳을 떠나 다른 곳으로 가면 적응하지 못할 거라 여겼다. 책의 몰락을 이야기하는 끈질긴 목소리들도 침잠하는 데 한몫했다.

소윤이 무대에 선 모습을 유튜브와 릴스로 보았다. 까만 배경, 조명이 환한 무대 위에서 소윤은 홀로 우뚝 서 있었다. 소윤이 설계한 농담에 맞춰 관객들의 웃음소리가 터져 나올 때마다 덩달아 카타르시스를 느꼈다. 소윤은 어느 인터뷰에

서 '편집자로서 기른 역량이 자신의 코미디에 도움이 되었다
고, 그냥 삶을 살아가는 데도 중요한 역량'[1]이라고 말했다.
편집자가 육각형 인재라는 소윤의 말을 처음 들었을 때 조금
멋쩍었지만, 무대 위에서 그 말을 몸소 증명하는 모습을 보니
인정할 수밖에 없었다. 소윤의 당당한 이야기는 '편집자에게
어울릴 만한 세계'를 한정 짓던 내 좁은 마음에 균열을 내기
시작했다.

　나는 이제 작가이기도 한 소윤에게 다시 한번 출판계에
대해 물었다. 뒤이은 질문에서도 소윤은 출판계를 바라보는
유쾌한 시선을 거두지 않았다.

"내 책에 반응이 없으면 '한국 출판계는 한참 멀었어' 하면서 미워하려고 *하
였는데, 생각보다 반응이 좋아서 피어날 때보다도 한국 출판계가 사랑스럽게
느껴져."* 보다도 한국 출판계가 사랑스럽게 느껴져."

　소윤은 『꽤 낙천적인 아이』 출간 과정을 경험하며 책 만
드는 사람들에 대한 경애가 더 커졌다고 했다. "원고의 핵심,
의도, 맥락을 명확히 파악하고, 무엇보다 그 모든 과정을 완
전히 이해할 수 있도록" 이끌어 주었다는 소윤의 담당 편집

---

[1]

윤희승, 「꽤 낙천적인 코미디언이 되기까지 원소윤은」, 『아워익스프레스』.
2025.8.10. https://www.instagram.com/p/DNKzfPtzhsw/?img_index=2

자 이야기, 표지 작업과 마케팅 기획에 감탄한 이야기를 듣다
보니, 마음에 생긴 균열 사이로 새로운 색이 흘러나오는 듯했
다. 소윤의 농담처럼 적당히 서늘하고 보드라운 빛깔로.

"전에 없던 책이 좋은 책이라고 생각해. 어떤 의미에서든 '새로움'이 있는."

    좋은 책은 무엇이라고 생각하냐는 내 마지막 질문에 편
집자를 거쳐 스탠드업 코미디언이자 작가가 된 소윤은 저 건
너편에서 대답했다.

"책을 쓰고 싶어 하는 사람들 때문에라도 책은 사라지지 않을 것 같은데?"

    그리고 이렇게 덧붙였다. 마치 질문지를 통해 내 마음속
불안을 얼추 들여다보기라도 한 듯. 소윤이 떠난 자리에는 데
이지꽃처럼 환한 희망이 가득 피어 있었다.

책을 다 읽고 나면 다른 책을 펼치듯

    편집자를 준비하던 시절, 한 권의 책[20]을 읽었다. 편집
자가 하는 일을 중심으로 출판산업에 대한 전반적인 이야기
를 일목요연하게 쓴 책이었다. 책장을 펼친 나는 "실무 정년

마흔"이라는 1장 소제목에 그만 압도되고 말았다. 입문자에게 마음의 준비를 시키려는 선량한 뜻이었겠지만, 그 적나라한 고백은 마치 옛이야기 속 마녀의 예언처럼 내 마음속에 강렬한 상흔을 남겼다. 선택의 기로 앞에서 나는 늘 최선을 다하지 못하는 느낌이었다. 최선보다는 차선을, 최악보다는 차악을 택하는 식이었다. 어린이책 편집자라는 정체성 앞에서 종종 떳떳하지 못한 마음이 떠오르는 것도 이 때문이었다. 늘 떠밀리듯 무언가가 된 느낌, 좋아하는 것을 단박에 선택하지 못한 자격지심. 대학 시절에 타다 남은 잔불은 저 강렬한 소제목을 만나 오래된 불안으로 타올랐다. 언제까지 할 수 있을까? 그만두면 뭘 해야 하지? 조금씩 연차가 쌓일수록 조급함이 생겼고, '작은 출판계에서 일하는 작은 노동자'라는 경직된 생각은 나를 둘러싼 세계를 더 좁게 만들도록 부추겼다.

이번 인터뷰를 진행하며 다행히 나름의 답을 찾았다. 내가 불안했던 건 그만큼 책 만드는 일을 좋아하기 때문이란 걸 뒤늦게 깨달았다. 더불어 굳이 사서 걱정할 필요가 없다는 걸 느꼈다. 일터가 '책상 앞'에서 '무대'로 바뀐 소윤처럼 한 권의 책을 다 읽고 나면 다른 책을 펼치듯 살아가면 그만이니까. 소윤은 나에게 편집자도 틀에 구애받지 않고 정말 멀리

<hr>

20

이옥란, 『편집자 되는 법: 책 읽기 어려운 시대에 책 만드는 사람으로 살기 위하여』, 유유, 2019.

나아갈 수 있음을 보여 주었다.

소윤은 다른 일을 시작한 뒤로 출판계에 멋진 사람이 정말 많다는 생각을 더 한다고 했다. 나는 이제 오랜 불안을 내려놓고 좋아하는 일을 마음껏 해 보기로 마음먹었다. 아직 나는 내 손에 쥔 책을 다 읽지 못했다. 그러니까 한동안 미래에 대한 걱정은 내려놓고 귀엽고 선량한 어린이책을 실컷 만들 것이다. 멋진 사람들이 가득한 이곳에서.

○

인터뷰이 원소윤

스탠드업 코미디언, 소설가. 편집자들은 때때로 '활자 싫어병'이라는 직업병에 걸리곤 하는데, 엄청 재미있는 이야기를 읽지 않는 한 쉽게 낫지 않는다. 소윤은 바로 그런 이야기를 쓰는 천재적인 이야기꾼이다.

—

만난 때, 곳 2025년 8월 22일 오후 1시 20분, 서면 인터뷰

똑같이 책 만드는 사람들이 있는 곳이지만, 조금 낯선 세계를 들여다보기

올 초여름에 출간한 『집 없는 달팽이』(보리, 2025)는 작년 가을 투고로 받은 작품이었다. 메일에 첨부된 파일을 처음 열었을 때, 귀여운 주인공과 색을 겹겹으로 얹어 표현한 기법이 돋보였다. 한 장 두 장 페이지를 넘기다 보니 곧 이야기에 빠져들었다. 남과 다른 모습을 고민하던 주인공은 여행을 떠나고, 길 위에서 만난 친구와 함께 성장해 나간다. 진정한 자기 모습을 찾아가는 과정을 설득력 있게 그린 이야기가 인상적이었다. 무엇보다 마지막 장면이 마음을 울렸다. 주인공의 여정을 다층적으로 해석할 여지를 주는 장면. 작가님이 꿈을 이루고 좇는 것에 대해 깊이 고민했음을 느낄 수 있었다. 그 당시 나는 미래에 대한 고민을 계속 품고 있었다. 그래서 작품의 메시지에 더 공감할 수밖에 없었다. 아이들은 앞으로 자라나면서 저마다 꿈을 좇을 것이다. 꿈을 좇는 건 기쁘고 설레는 일이지만 동시에 부딪히고 넘어지는 슬프고 아픈 일이기도 하다. 나는 그 여정을 함께할 말랑말랑하고 용감한 친구를 아이들 곁에 책으로 놓고 싶었다. 단정화 작가님과의 첫 만남이었다.

두 번째 인터뷰를 고민하던 가운데 『집 없는 달팽이』의 작가 소개 글에서 '오랜 시간 편집 디자이너로 일했다'는 문장을 본 기억이 떠올랐다. 작가님도 한때 나처럼 책 만드는 일을 했다는 사실이 반가웠다. 편집자가 책을 만들 때 가장 많이 소통하고 의지하는 동료는 디자이너다. 편집자가 주로 내용에 관여한다면 디자이너는 표지 작업, 본문 디자인, 종이와 후가공 선택처럼 책의 주제와 내용에 어울리는 물성을 빚어내는 역할을 한다. 책이라는 하나의 세계를 완성해 가는 동안 서로 힘을 보태고 때로는 마찰을 빚기도 한다. 작가님과 출판계 그리고 책에 관한 이야기를 나눠 보고 싶었다. 분명 편집자인 내가 보지 못하고 생각하지 못하는 지점들을 짚어 줄 것 같았다. 더불어 궁금했다. 어떤 과정을 거쳐 편집 디자이너에서 그림책 작가가 되었는지, 책 곁에서 일하던 순간은 어땠는지.

작가님은 『끝, 책』의 기획 의도를 듣고 인터뷰를 하고 싶다고 했지만 조금 주저하기도 했다. 단행본이 아닌 '교재' 디자인을 했다는 이유였다. 작가님의 우려와 달리 나는 오히려 더 흥미롭고 의미 있다는 생각이 들었다. 그동안 출판계에 관한 책들은 많이 나왔지만 대부분 단행본 출판이 중심이었다. 이번 인터뷰를 진행한다면 출판계의 또 다른 분야를 얕게나마 조명할 수 있을 듯했다. 안 그래도 좁은 출판계를 굳이 더 나누고 가를 필요는 없었다.

무엇보다 어린이책 편집자로서 순수한 궁금증이 발동했다. 솔직히 요즘 아이들에게 더 가까이 있는 책은 창작동화나 동시집, 그림책이 아닌 바로 학습 교재일 것이다. 교재를

어떤 생각과 마음으로 만드는지 그곳의 풍경을 들여다보고
싶었다.

"조금이라도 더 흥미롭고 편안한 교재를 만들고 싶었어요"
천천히, 하지만 꾸준히 걸어온 길

시각디자인을 전공한 작가님은 대학 시절, "일러스트레이션과 타이포그래피, 편집디자인 수업을 특히 좋아했다." 그래서인지 자연스레 어린이 영어신문을 만드는 일에 매력을 느꼈고, 신문사 근무를 시작으로 대형 학원에서 영어 교재 만드는 일을 오래도록 했다. 이 밖에도 교과서 내지와 뷰티 전문 월간지 작업, 조선일보사에서 주최한 2건의 미술 전시인 〈모네에서 워홀까지〉(2011), 〈이것이 미국미술이다〉(2011)의 도록과 홍보물을 디자인하기도 했지만, 작가님은 여러 경험 가운데 교재 만드는 일에 가장 애정을 느꼈다고 했다.

"영어 교재 만드는 일을 가장 오래 했고 제일 좋아했어요. 교재라고 하면 단순히 공부 도구라고 생각하기 쉽지만, 저학년 아이들의 교재는 고려할 게 많지만, 일반 단행본보다 훨씬 다채로운 디자인 요소들이 필요했어요. 본문 속 각게 다른 문제의 패턴에 따라 더 재밌어 보이도록 예쁘게 디자인해야 했죠. 특히 시장조사를 다녀며 이제는 교과서나 교재들이 얼마나 세련되고 예쁘게 나오는지를 보고 그때 '학습'이라는 틀 안에서도 이렇게 예쁘게, 재미있게 나

습이라는 틀 안에서도 이렇게 예쁘게, 재미있게 디자인할 수 있구나!' 하는 깨달음을 얻었어요."

교재는 공부·성적·스펙·성공이라는 키워드와 연결된다. 그래서 교재를 떠올리면 학창 시절의 치열한 경쟁이, 억지로 공부하던 기억이 반사적으로 떠오른다. 왠지 딱딱하고 불편한 느낌. 여기에 미디어에서 그리는 사교육 이미지가 겹쳐 들며 '어린이책'과 '학습 교재'를 이분법으로 나누어 보는 편견이 내 안에 생긴 듯했다. 그러나 작가님의 이야기를 들으며 어린이책과 마찬가지로 교재에도 만드는 사람의 마음이 들어간다는 걸 알 수 있었다. 아이들이 더 편하고 즐겁게 공부하길 바라는 따뜻한 마음이.

"(다양한 교재별 성격과 연령에 따라) 콘셉트에 맞춰 디자인하고 어울리는 그림체를 찾아 그 그림으로 꾸미는 과정들이 쉽지 않았지만 보람 있었어요. 조금이라도 더 흥미롭고 편안한 교재를 만들고 싶었어요. 문제가 마치 놀이처럼 느껴질 수 있길 바랐습니다. 언젠가 학원 밖에서 아이들이 제가 만든 교재를 들고 있는 모습을 보고 정말 신기하고 뿌듯한 감정을 느꼈어요."

학원가를 돌아다니는 아이들에게 교재 속 그림과 디자인을 통해 조금이나마 즐거운 순간을 만들어 주고 싶었던 작가님의 바람이 느껴졌다.『집 없는 달팽이』를 편집하던 내 마음과 다르지 않았다. 형식만 다를 뿐, 저마다의 방식으로 꿈을 좇는 아이들을 응원하고 있었다. 나 또한 작가님이 만든 교재로 공부했다면 공부가 더 즐거웠을 거라는 생각이 들었다.

책은 이중성이 돋보이는 매체다. 내용을 비롯한 책 자체의 물성도 사람의 마음을 끄는 요소가 된다. 또, 책은 작가의 고유한 작품이자 판매해야 하는 상품이기도 하다. 그래서 책을 만드는 동료들끼리 의견이 엇갈릴 때가 많다. 나 혼자서 만들지 않기 때문에 책에 내 마음과 고집만 담을 수 없다. 교재 같은 경우 학습이라는 절대적인 목적이 있어 그 고민의 폭이 더 크고 결에서도 다른 점이 있을 것 같았다. 작가님은 실무에서 그 간극을 어떻게 메웠을지 궁금했다. '편하고 즐거운 교재'를 만들고 싶은 작가님의 마음이 크게 느껴져서 더 궁금했다. 분명 여기에 동의하지 않는 작업자도 있었을 테니까.

내용과 물성, 작품과 상품. 디자인 실무자로서 이러한 책의 이중성을 어떻게 느꼈는지, 작업할 때 어떻게 균형을 잡았는지 궁금했다. 작가님은 "늘 고민됐어요. 내용을 더 부각하면 심미성이 떨어지고, 디자인에 힘을 주면 내용이 묻힐 수 있다는 것이요"라며 말문을 열었다.

"디자이너로서 제 욕심과 교재 내용을 다루는 개발자의 의견이 부딪칠 때도 있었어요. 그럴 때는 저도 만족할 수 있는 지점을 찾으려 노력했습니다. 수 있그렇게 여러 시각이 존재한다는 걸 배우며 글과 그림, 디자인이 모두 조화로워야 한다는 걸 깨달았어요. 본문 디자인은 내용을 잘 전달하고 독자가 편안하게 읽을 수 있도록 직관적으로 표현하는 것이 핵심인 것 같아요. 책 안의 폰트 간격을 미세하게 조절하고 배치하며 도표 하나까지도 독자를 배려하는 디자인이요. 그게 책의 상품성이자 동시에 작품성으로도 이어지는 것 같습니다."

　　때로 의견이 충돌하기도 하지만, 결국 작업자들이 서로 욕심을 부리는 까닭은 더 좋은 책을 만들고 싶다는 마음 때문이다. 이렇게 작가님은 주변 동료와 생각을 나누고 조율하며 여러 교재를 만들었다. 마치 외국 동화책을 떠올리게 하는 아름다운 교재를 만들며 성장의 기회를 만나기도 했고, 그림 작가·디자이너·개발자의 정성과 노력이 많이 들어갔음에도 진행이 미뤄지다가 결국 퇴사할 때까지 나오지 못해 아쉬움으로 남은 교재도 있었다. 물론 힘든 순간들도 있었겠지만, 작가님이 들려준 이야기에는 자기 일에 대한 단단한 자부심이 반짝거리고 있었다. 나는 출판계를 떠난 이후의 시간에 대해서도 물어보았다. 애정을 담아 일했던 만큼 아쉬움은 없었을까?

"이사한 집과 회사 간의 거리가 너무 멀어서 어쩔 수 없이 퇴사를 결정하게 되었어요. 오히려 다양한 것에 도전하는 기회가 된 것도 한 것 같아요. 평소에 좋아하고 관심 있었던 플로리스트와 숲해설가, 바리스타를 해봤어요.

"이와 함께 디자이너로 일한 경험이 결국 그림책 작업으로까지 이어진 것 같아요."

퇴사 이후의 풍경에 불안이나 두려움은 없었다. 대신 새로운 것들을 좇느라 분주한 모습이었다. 그동안 쌓은 경험을 바탕으로 새로운 것과 용감히 마주했고 그 경험은 다시 길이 되었다. 나아갈 방향을 놓치지 않고 자기 속도대로 뚜벅뚜벅 걷던 시간, 그러다 마침내 작가님은 어릴 적부터 품었던 꿈을 이루게 된다.

"어릴 적부터 그림 그리기를 좋아해서 화가처럼 그림 그리는 사람이 되고 싶었어요. 어른이 되어 편집 디자이너로 일하며 그림 작가들을 만났는데, 언젠가 나도 그림 작가가 되면 좋겠다고 막연히 생각하기도 했죠. 그 바람이 현실이 될 거라고는 생각 못 했어요. 그런데 돌이켜 보니라 신문·도록·잡지·교재를 만든 경험이 모두 그림책을 만들기 위한 밑판이 된 것 같아요. 천천히, 하지만 꾸준히 걸어온 길이 결국 그림책으로 이어졌다는 게 신기하고, 어쩔 땐 필연으로 느껴지기도 합니다."

어린 시절 꿈을 이룬 것도, 그 꿈을 성인이 된 시간까지 간직한 것도 모두 동화의 한 풍경 같았다. 동화는 흔히 갖는 편견처럼 현실 속 어려움을 외면한 채, 동떨어진 낙관을 늘어

놓지 않는다. 현실의 어두움을 면면히 담고 있지만 좋아하고
사랑하는 마음을 놓치지 않을 뿐이다. 언제까지나.

"자연스럽게 저 자신에 대해 생각해 보게 되었어요. 저는 조심스럽고 꼼꼼한 편이라 어떤 결정을 내리기까지 시간이 걸려요. 그래서 느림을 생각하게 됐고 달팽이가 떠올랐어요. 또 숲해설가 교육을 들을 때 동료가 민달팽이는 해충이라고 했던 기억으로 이어졌어요. 민달팽이가 해충이라는 건 인간의 입장일 뿐, 민달팽이는 그저 자신의 삶을 열심히 사는 거라는 생각이 들었어요. 『집 없는 달팽이』는 저의 꿈을 현실로 꺼낸 책, 꿈을 이루는 시작이에요."

　　꿈을 이루는 과정, 첫 작품의 의미를 묻는 두 차례의 질
문에 작가님은 담담하게 이야기를 이어 갔다. 답변에서 동화
속 '타협하지 않는 마음'이 느껴졌다. 이 마음은 작가님도 모
르는 새 오롯하게 자라나고 영근 듯했다. 교재가 공부를 위한
단순한 도구에 그치지 않길 바라며, 아이들에게 더 나은 무언
가가 될 수 있도록 고민하고 실천한 시간이 모여서 피어났을
것이다. 나는 덧붙여 질문했다.
　　책은 계속 우리 곁에 남을 수 있을까요?
　　작가님은 출판계에서 일한 시간을 따뜻한 추억으로 떠
올린다고 했다. 그리고 그 경험 덕분에 책이 "사람의 손길과
감성이 담긴 특별한 매체"라는 생각이 든다고 했다. 출판계
도 책도 시대의 흐름에 맞춰 변화해 나가겠지만, 결국 책이

계속 남는다면 그 안에 담긴 따뜻함 때문일 거라고 말했다.

"종이책만이 주는 따뜻한 감성이 여전히 필요할 거라고 믿어요. 시대의 흐름을 따라 변하겠지만 사람의 손길이 닿은 책, 사람이 쓰고 그린 책, 사람이 만든 책, 여러 책들이 우리 곁에 계속 남아 있으면 좋겠다는 바람이에요. 우리 그리고 미래에도 분명 이런 책들은 필요할 것이기에 우리 곁에 계속 남아 있을 거라 믿어요."

작가님은 그림책을 만들 때 자연스레 "나만의 기억과 추억, 그리고 경험들이 이야기와 그림에 담긴"다고 했다. 그래서 작가님이 말하는 책의 따뜻함에 더 깊이 공감되었다.

인터뷰의 끝에서 나는 좋은 책은 무엇이라고 생각하는지 그리고 작가님의 마지막 그림책은 어떤 책일지에 관해 물어보았다. 마지막으로 어떤 이야기를 그리고 싶은지, 그 책이 어떤 그림책이 되길 바라는지, 궁금했다.

"아직 구체적으로 상상하기는 어렵지만 지금과 마찬가지로 일상 속에서 가 잔잔한 행복을 줄 수 있는 따뜻한 이야기를 그리고 싶어요. 또 아이들뿐 아니라 어른들도 함께 즐길 수 있는 그림책이 되길 바라는 마음이에요. 그리고 지금 제가 바라보는 풍경과 생각들이 마지막 그림책에서도 여전히 같을지, 문득 그게 궁금하네요."

작가님은 먼 훗날 만나게 될 마지막 그림책에서도 여전히 '따뜻함'을 이야기하고 있었다. 그리고 "책을 읽는 동안 그 시간이 행복했으면 좋은 책"이라고 말하며 인터뷰를 마쳤다. 따뜻함과 행복. 어린이를 위한 책을 만드는 사람이라면 꼭 잊지 말아야 할 낱말이었다.

작가님이 떠난 자리는 마치 노을빛이 일렁이는 느낌이었다. 달팽이나 무당벌레처럼 작은 존재들이 찾아와 고요히 머물 듯했다.

편견을 넘어 발견한 건, 지지 않는 마음

구체적으로 말할 수 없지만, 책을 만들다 보면 종종 현실과 타협하거나 마음과 맞지 않는 선택을 할 때가 있다. 특히 마감 일정에 쫓기거나 협업자들을 설득하지 못해 지쳤을 때 발생하곤 한다. 어린이책에 담긴 '타협하지 않는 마음'을 이야기했으면서 무슨 이율배반적인 고백이냐고 할 수도 있을 것이다.

작가님이 보낸 답변지를 읽으며, 가장 울림을 받았던 부분은 자신의 상황 속에서 최선의 것을 고르고 꿋꿋이 고수하려는 태도였다. 단정 지을 순 없지만 아무래도 교재를 만드는 일은 단행본 출판보다 더 보수적일 듯했다. 학습과 성적이라는 절대적인 목적이 있기 때문이다. 그런 가운데서도 작가님은 문제가 마치 놀이처럼 느껴지는 교재를 만들고자 마음을 썼다. '즐겁다'라는 초점이 학습 효과나 상품성보다 아이들 그 자체에 맞춰진 점도 인상적이었다.

솔직히 말하면 그동안 나는 교재가 어린이책 정반대 편에 놓여 있다고 여겼다. 교재를 떠올리면 쉬는 시간에 친구 숙제를 급하게 베끼던 내 모습이 겹쳐 보였기 때문이다. 그러나 작가님의 이야기를 토대로 찬찬히 그려 본 그곳은 어린이 곁에서 일하는 사람들도 함께하는 곳이었다. 내 편견이 부끄럽게 단단한 마음으로 아이들을 위한 고집을 지키는 사람도 서 있었다. 나 또한 지지 않는 마음으로 한 권 한 권 책들을 쌓으며 걸어 나가겠다고 마음먹었다.

출판계를 떠난 동료들의 이야기를 들어 보았다. 한 사람은 멀리 나아가 서늘하고 보드라운 농담을 꽃피워 올리고, 한 사람은 자기만의 속도로 나아가며 따뜻한 흔적을 길 위에 포개고 있다. 저마다 책의 끝을 마주했지만 아쉬움이 아닌 희망이 빛나고 있었다. 모두 한때 자신이 들었던 책을 있는 힘껏 끝까지 읽었기 때문일 것이다.

이처럼 우리는 책의 끝을 마주하겠지만 그게 끝이라는 소리는 아니다. 나의 책도, 당신의 책도, 그냥 책도 모두.

○

인터뷰이 단정화

앞으로 어떤 세계를 보여 줄지 설레게 하는 그림책 작가. 일상이라는 익숙한 풍경 속에서 이야기 씨앗을 건져 올리는 밝은 눈을 가진 듯하다. 그의 걸음이 조금 느린 까닭은 이 때문이지 않을까?

—

만난 때, 곳 2025년 8월 30일 0시 50분, 서면 인터뷰

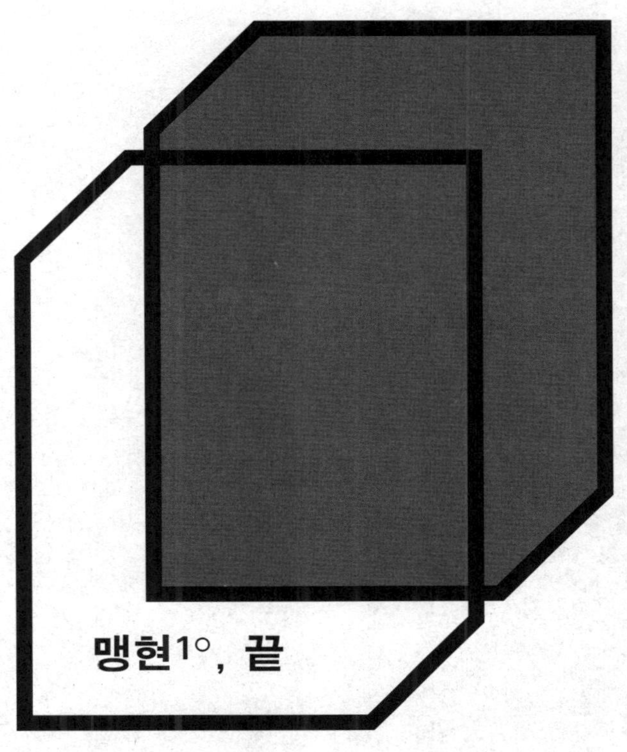

———

1°

작가이고 출판사 핌의 대표다. 두 직업 사이에서 균형을 잡는 게 꿈이다.
『한국영화 100년 100경』(한국영화100년기념사업추진위원회 엮음, 돌베개,
2019)의 편집자 · 디자이너 사인본을 갖고 있다.
아무 때나 아무 페이지를 펴서 읽는 중이다.

서글픈 건 참아도 허접한 건 못 참지

영업의 맥락을 모른 채 던진 순진한 물음이었다. 출판 영업의 세계란 한 권의 책보다는 출판사 하나를

2024년 서울국제도서전의 출판사 핌 부스에서였다. 핌의 대표인 나는 도서전에 맞춰 낸 신간 『출판사의 첫 책』을 방문객에게 열심히 소개하고 있었다. 출판사를 차리고 5년 동안 각종 북페어에 다녀 본 경험으론, 연륜이 느껴지는 사람이 책을 진지한 표정으로 보면서도 어딘가 냉담한 기운을 풍긴다면 열의 일고여덟은 출판인이다. 나흘째 되던 날 『출판사의 첫 책』 앞에 섰다. 이 책은 사흘 동안 출판인들에게 호응이 좋았던 터라, 구매를 권해 볼 요량으로 '출판사 열 곳의 책 만드는 이야기를 첫 책을 통해 들어 보았다'며 책에 대해 열심히 떠들었다.

하는 것이다. 많다니. 혹시 또 좋은 기획이 나오지 않을까 싶어 어떤 재밌는 것들이

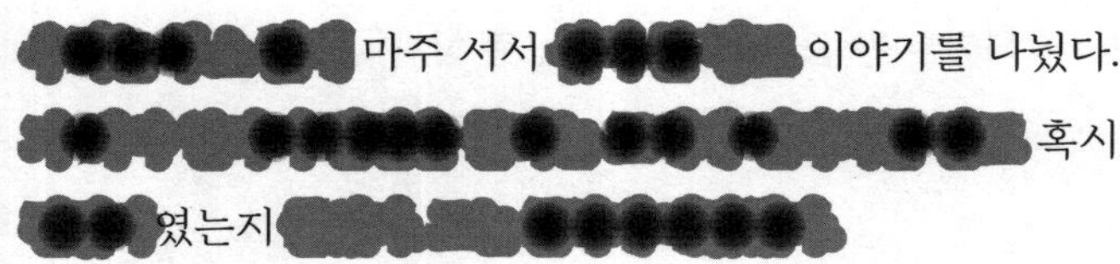

그리고 1년 뒤, ████ 출판의 끝의 어느 지점에 대한 이야기를 ████ ████ 지금은 █ ███ ██하니, 출판의 끝을 핑계로 ██ 이야기를 ███████

2025년은 내가 출판사를 차린 지 만 5년이 되는 해이다. 출판에 대해 아무것도 모른 채 시작했지만 정말 책을 잘 팔고 싶었다. 그래서 책 만드는 일에도 속도를 냈고, 홍보·마케팅에도 열을 올렸다.

하지만 내가 시도했던 홍보·마케팅은 모두 실패였다. 얼마나 실패를 제대로 많이 했던지, 또 그건 어떻게들 알았는지, 올해에는 '마케팅 실패 사례 공유회' 발표 요청을 세 번이나 받았다. 마지막에 갔던 기관의 센터장은 공유회 후, "이걸로 강의하면서 돈을 버세요. 그게 답이네요"라는 피드백을 주기도 했다. 전국 북토크, 지역문화재단 연계 작가 이벤트, '이야기 전당포' 등 자체 행사, 저자 강연, 서점 매대 광고, 자체 서평단, 홍보사를 통한 서평단, 인플루언서를 통한 책 소개, 이벤트 굿즈, 도서 전문 마케팅사의 패키지 상품 이용, 일반 마케팅사의 패키지 상품 이용, SNS 유료 광고, 보도자료

릴리즈, 카피라이터 외주 등이 그간 내가 한 것들이다. 한 출판 마케팅 수업에서 책 제작 비용의 10~15%가 통상적인 마케팅 비용이라고 했는데, 나는 50%에 달하는 마케팅 비용을 지출한 적도 있다.

나름 큰돈도 써 봤고 다양한 시도도 해 봤지만, 결론은 책을 어떻게 팔아야 하는지 아직도 '잘 모르겠다'이다. 그러던 차에 ██████████████████████ 눈과 귀가 번쩍 뜨이는 것은 물론이고 온몸의 세포가 다 열리는 시원한 기분이 든 것은 당연했다.

출판사를 차리고 첫 2년 동안 30여 건이 넘는 출판 강연과 멘토링 수업을 들었다. 1회차 강의부터 12회차 강의까지 다양했으니, 수업 회차만 따진다면 70회는 넘는 것 같다. 이 강의에서 많은 전문가를 만났다. 출판사 대표, 편집자, 기획자, 번역가, 디자이너, 홍보·마케터, 제작 전문가, 인쇄소 대표, 대형 서점 직원, 독립서점 대표, 큰글자책 제작자, 전자책 제작자, 전자책 플랫폼 종사자, 오디오북 플랫폼 종사자 등 출판계 사람이라면 가리지 않고 만났는데, 단 하나, 영업 전문가는 만나지 못했다. 그러니 ████████████████ ████████████████

책이 좋았고,

책을

생각에

출판사인데, 부

터 나가라고 했다. 싶었는데 하

라니. 나라면 도망쳤을지도 모르겠다. 하지만 그

시작했다.

고향인

강남에 있는 동화서적[1]

그런 건 아무렇지

대단하다는 생각이 들었다. 요즘 시대

에는 편견이라고 생각할 수도 있지만, 어린 시절 가정집을 돌

---

[1]

1977년 서울시 종로에 문을 열어 한때 종로서적과 함께 독서 출판계를 이끌었다.
1986년 강남구 지하철 역삼역으로 넓혀 이사하면서 '강남시대'를 열었다. 이후 강남
상권이 본격적으로 형성되고 대형 서점들이 들어서면서 지속적인 적자운영을 하다
2006년 8월, 30년의 역사를 뒤로하고 폐업했다. 임종업, 「'동화서적' 30년 역사
접고 폐업」, 『한겨레』, 2006.11.10.

며 아동류 전집을 팔던 영업사원, 대학을 졸업하고 영업직으로 갔던 친구들은 모두 남성이었기 때문에 ██████████

██████████████████ 특별하게 ████

██████ 했던 것은 대단한 ████ 타 분야도 그렇겠지만 당시 ██████ 여성에게는 불모지였다. 심지어 지방의 어느 사장은 ████████████████ 돌아다니냐'라며 그를 ██████ 했단다. 지방 출장을 가면 보통 ██████ 되는데 여성이 혼자 여관방에서 ████████████ 이해가 안 되는 ██████

또 남성들은 ██████████ 어울려 다니기도 하고, 술도 마시러 ████████ 다하고, ████ 따박따박 ████ 그러니까 처음에는 ████ 보다가 나중에는 ██████████ 한다. 그 뒤로 몇 년이 흐른 후 어느 순간부터 출판사에서는 ██████ 시작했고, 여성들도 ████ 당연하게 생각하는 분위기가 ████ 여기에는 ██████ 자유로워진 사회 분위기에 맞물려 ██████████ 있었던 것으로 보인다.

여성 ██████████ 두려움 같은 것은 없었는지 혹은 여성이니까 좀 더 배려받을 수 있겠다는 생각은 없었는지 ▨▨▨▨▨, ▨▨『▨▨』, 여자를 ▨▨▨▨ ▨▨생각한 적도 없고, 배려 ▨▨▨ ▨▨▨ ▨▨▨▨ 한다.

■

1896~1948. 한국 최초의 여성 서양화가이자 시와 소설을 쓴 작가이다. 여성의 권리와 성평등을 공개적으로 주장한 '신여성'의 상징적인 인물이다.

■

1897~1926. 한국 최초의 여성 성악가이자 '신여성'으로 불린 인물이다. 일본에서 성악을 배우고 돌아와 무대에 서며 가수 활동을 시작했다. 예술과 자유연애를 통해 근대 여성의 주체성을 보여 주었다. 대표 곡으로 〈사의 찬미〉가 있다.

■

1896~1971. 1920년 한국 최초의 여성 잡지 『신여자』를 창간하며 근대 신여성 운동을 이끈 작가이다. 글을 통해 여성의 자유와 독립을 주장했으며, 1933년 이후 불교에 귀의해 비구니가 되었다.

여성답다는 ▮▮▮ 싫었고, 여자라고 ▮▮▮
싫었다. ▮ 그냥 ▮ 부장이든, ▮ 이사든 사회적 ▮
▮▮▮ 때때로 남성들과 술자리에 ▮▮
▮ 같은 동료로서 ▮▮▮ 여성이 아닌
▮▮▮ 때문이다.

이쯤 되니 ▮▮▮ 궁금해졌다. ▮▮
▮ 무엇인지 정답은 없지만 하나의 신념과 확고한 직업의
식을 ▮▮▮▮ 이란
▮▮▮ 했다.
▮▮ 가장 기본은 좋은 책을 만드는 것이다.
책이 팔리든 안 팔리든 ▮▮▮ 해야
하는데, 그러려면 ▮▮▮
▮▮ 고민이 있어야 한다. ▮▮ 남의 것을
베끼거나 내용이 허술한 책은 ▮▮▮
▮ 안 된다. ▮▮▮ 할 수 있
는 것이다. 판매 부수와 상관없이 누구나 읽고 싶은 책을 ▮
▮▮ 한다. 작가가 글을 쓸 때 왜 이 글을 써야 하는지
▮▮▮, 책을 만들고 파는 사람도 독자에게 권할 수
있는 책인지를 ▮▮▮ 한다. ▮▮ 허접
한 책'으로는 절대 ▮▮ 된다는 것이다.

▮▮ 출판사들은 ▮▮▮
▮ 책을 다뤘다. 좋은 책을 가지고 나가기 위해 영업자도
책의 기획부터 표지 선정, 가격 책정까지 ▮▮▮

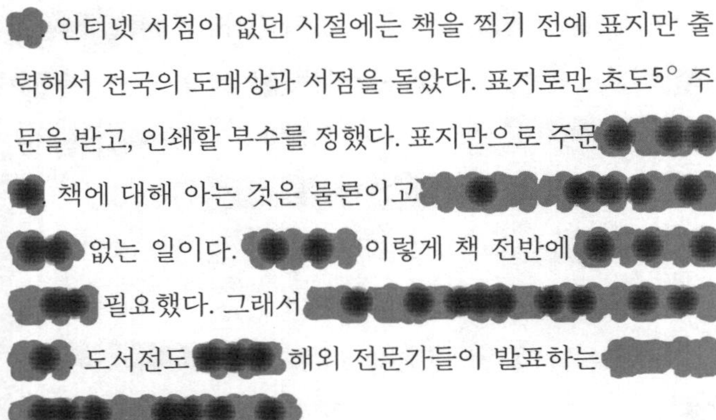

인터넷 서점이 없던 시절에는 책을 찍기 전에 표지만 출력해서 전국의 도매상과 서점을 돌았다. 표지로만 초도[5] 주문을 받고, 인쇄할 부수를 정했다. 표지만으로 주문

책에 대해 아는 것은 물론이고

없는 일이다. 이렇게 책 전반에

필요했다. 그래서

도서전도 해외 전문가들이 발표하는

1990년대 중반은 '종이에 잉크만 묻혀도 책이 나간다'는 말이 있을 정도로 출판계가 호황이었다. 초판 인쇄는 3천 부가 기본이었고, 광화문 교보문고에 초판의 20%를 보내면 어떤 책이든

그만큼 책이 팔렸다는 의미다.

여기에서 한다는 것이 요즘은 출판사 대 지역서점과의 직거래가 잘 없다. 지역서점들은 북센·한국출판협동조합·교보문고·예스24 등 도매 서비스를 이용한다. 출판사는 거래하는 도매업체나 대형 서점과 전산으로 정산하고 전자계산서를 발행하며 통장으로 입금을 받는다. 하지만 정산 관리, 재고 관리,

———

[5]
'초판 인쇄분(량)'을 가리키는 출판계 용어.

반품 관리 등의 장부 관리와 계산서 발행, 수금, 서점과의 공급률6° 싸움 █████████ 심지어 ██████████ 없다.

실제로 ██████████ 매우 ██████ 통장 거래가 없던 시절 ███████████████

───────

6°
출판사가 도매나 서점에 책을 납품할 때 정가 대비 얼마에 책을 공급할 것인지를 나타내는 비율이다. 최근 추세를 보면, 통상적으로 도매의 경우 60~65% 사이, 교보문고 · 예스24 · 알라딘의 경우 65~70% 사이에서 정해진다(높이기 어렵지만, 협상의 여지가 아예 없지는 않으니 시도해 보도록 하자). 지역서점 직거래도 65~70% 사이에서 정해지는데, 요즘은 출판사와 지역서점 간 직거래는 거의 이루어지지 않는다.████████████████ 서점별로 공급률 협상을 따로 했고 도서 분야별로도 차이████████ 다루었던 ████████ 분야의 경우 서점 공급률은 70~75%████████.

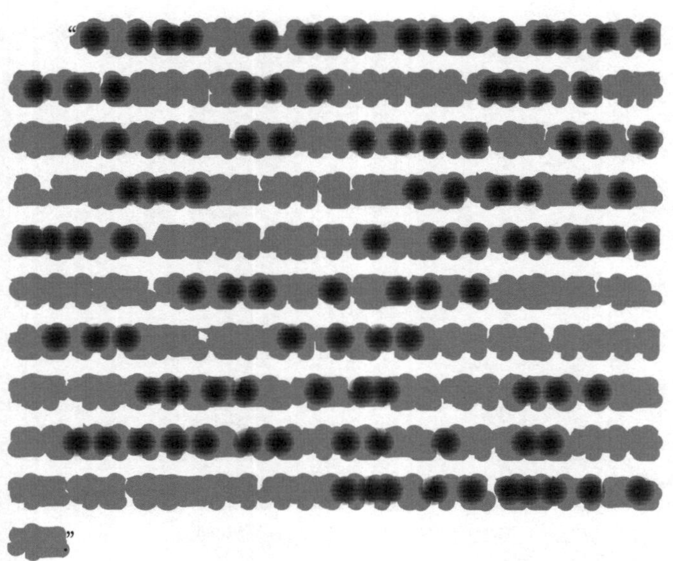

7°

문구점에서 판매하는 약속어음 용지에 발행일 · 발행인 · 지급일 · 액면금 등을
적어서 사적으로 발행하는 약속어음이다. 은행어음과 같이 법적 효력은 있지만
신용도에서 안전하지 않고, 발행처가 부도가 나거나 폐업할 경우 대금은 받을 수
없다. 그래서 영업자들은 가급적 문방구 어음은 받지 않으려고 했다.

출

판사의

있었다.

어디에

. 반품

체계였다. 지금으로

출판사 사장들이

가능한 일이었다.

목숨

책을 소개

하고 파는

느낌이었다.

시작하고

전환했다. 이때도 출판계에서 거의

워

일주일에 한 번씩

나면

어렵거나 책이 좋아서 회사들이었다. 온라인 서점이 등장하고 이후 스마트폰이 대중화되면서 책 판매가 크게 줄었다. 도매와 지역서점들이 어려워졌고 그 영향은 고스란히 출판사에 수금이 버틸 때까지

출판은 계속됐다. 어느 영업자가 일반 단행본을 되었다.

██
███████████████████

출판이라고 하면 창업, 임프린트 정도로 운영이 시작된다고 생각했는데, 2000년대 초반만 해도 인수나 합병 같은 일들이 왕왕 있던 듯하다. ████████████████ ███, 시대의 변화 속에서 사라진 업무 영역을 다른 영역으로 ████████████████████ 출판은 끝과 시작이 순환되었다.

요즘은 ██████████████████████ 몇 년 ████████████ 작은 서점이나 도매가 많이 없어졌고, 교보문고도 매대를 사거나8° 광고를 하는 방식으로 마케팅이 바뀌어서 예전의 영업이라는 개념이 이제는 ███████████████ 마케팅을 한다고 하면 돈이 들지 않는 것이 없다. 세상은 변했고 업계의 생존 방식도 달라졌다. 하지만 ████████████████████ ███████ 않았다.

오히려 변화를 ████████, 감각을 ███████ ████████████████ 책을 팔기 위해

'매대를 산다'는 것은 오프라인 서점의 매대를 일정 금액을 주고 일정 기간 동안 사용하는 것을 말한다. 매대를 사서 책을 진열하고 판매 촉진과 광고 효과를 노리는 마케팅 방식이다.

노력하는 행위를 무엇으로 부르든 상관없다. 영업이든 마케

팅이든 █████████████████████████████████████

██

██

고██하고, ██████████████████████████████████

██████████████ 여전했다. 출판의 호황기부터,

인터넷이 발달하고, 스마트폰이 생기고, 책을 읽는 사람이 줄

어들고, 지하철에 종이 신문이 사라지는 ███████████

██

마지막으로 ███████████████████████████████

███

████████████████████████████ 서점이나 도매상들이 어

려워지면서 ███████████████████████████████

███

██████████████████████████████ 갑자기 눈물

███

█████████████

███

███

███

███

회사를 먹여 살리는 것이

시
대가 바뀌었어도
책마다
서점이든 도서관이든
한 번
생기니,

영업이란 도매업체에 다니면서 대량 거래를 성사시키
는 것이라는 막연한 이미지를 갖고 시작한 인터뷰였다.
개인의 역사를 넘어 현대
출판사의 한 맥락을 톺아보는 시간이었다. 출판계의 부침 속
에서 어떤 출판사는 사라지기도 하고 새롭게 생겨나기도 한
다. 그 부침 속에 나도 작은 자리 하나를 냈다. 그간 나의 '영
업'은 실패의 연속이었고 때때로 의지도 꺾였지만, 인터뷰를
마치고는 지금까지 낸 책들과 앞으로 낼 책들을 다시 들여다
볼 용기가 생겼다. 우리에게 맞는 영업은 무엇일까. 이제 나
의 숙제를 풀 시간이다.

○

인터뷰이

—

가드, 흘러가는 시간을 견디는 하나의 방법

소위 '유명한' 혹은 '인정받은'이라는 수식어가 응당히 붙는 그림책 작가 고정순에게 출판의 끝을 맞닥뜨린 경험이 있다고 하면 의아할지도 모르겠다.

2013년에 첫 책을 낸 후로 십여 년간 그림책, 산문집, 소설, 삽화 작업 등 61편의 작품(국립중앙도서관 서지정보에 등록된 종이책 기준)을 세상에 내놓은 작가에게 한때 끝 책이었던 책은 아이러니하게도 그를 작가로 만들어 준 첫 책 『최고 멋진 날』이다.

『최고 멋진 날』은 해그림에서 발행했다. 해사한 토끼 얼굴이 바짝 들어찬 표지에, 소박해 뵈는 꽃들이 총총히 펼쳐진 화사한 면지가 마치 봄날의 하얀 목련을 연상케 하는 그림책이다.

책의 판권면을 보면 초판 1쇄 발행일이 2013년 4월 15일이고 2쇄 발행일이 같은 해 6월 1일이니 반응도 꽤 좋았던 듯한데, 어쩐 일인지 작가는 책의 잉크도 마르기 전에 절판 통보를 받았다.

"책이 나오고 한 팔 좀 지나저 (회사를) 닫는다고 (해터라)고요. 이건 본사에서 일방적으로 통보하면 그냥 닫는 거예요. 책이 그렇게 되니까 저도 너무 슬픈 거예요. 만약 내가 에미 다른 책을 여러 뭔 냈으면 모르겠는데, 첫 번째 시작에서 이런 일을 당하니까…권. 냈으면 모르겠는데, 첫 번째 시작에서

아, 이제 진짜 절망이다, 나 정말 못하나 보다, 이런 생각을 했어요. 제 기억으로 한 달 정도 그냥 계속 울었던 것 같아요. 한 달 정도 그냥 계속 울었던 것 같아요.”

해그림은 ㈜웅진씽크빅단행본그룹의 임프린트(imprint) 브랜드였다. 임프린트는 출판사에서 브랜드 다각화를 위해 브랜드를 가지치기하여 운영하는 방식인데, 지금은 대형 출판사뿐 아니라 중소 출판사에서도 이 방식을 다양하게 활용하고 있다.

1990년대에 들어오면서 출판시장은 호황과 성장의 시기를 맞이했고, 1996년에 한국은 WTO에 가입하면서 출판시장을 개방했다. 이 성장과 변화의 시기에 대형 출판기업들이 탄생했는데, 이들은 자회사 제도1°·분사 제도2°·임프린트 제도를 도입하면서 규모를 확장하고 효율적으로 조직을 분화했다. 특히 웅진씽크빅은 임프린트 제도를 가장 적극적으로 수용한 출판사이다.

요즘은 1인 출판사에서도 임프린트 브랜드를 가지고 있는 경우가 있는데, 대형 출판사의 임프린트는 회사의 유능한 편집자나 외부의 편집자를 섭외해 자신의 브랜드를 운영하게 한다. 편집자 입장에서는 회사의 시스템(디자인, 제작, 홍보·마케팅, 물류 등)을 그대로 이용하면서도 자신만의 브랜드를 꾸릴 수 있으니 우선은 매력적일 수밖에 없을 것 같다. ‘판을 다 깔아 줄게. 우리 회사의 모든 시스템을 이용해. 그리고 네가 잘하는 것을 해 봐’라는 든든한 손길은 달콤하기까지 하다. 40세 전후로 퇴사하는 분위기가 두드러진 우리 출판계에서, 경력과 실력을 갖춘 편집자가 자신의 브랜드를 내는 것은 여전히 회사에서 일할 수 있다는 신호다. 하지만 보통 2년마다 매출 성과를 통해 존폐 여부가 결정된다고 하니, 임프린트의 대표가 된다는 것은 피를 말리는 일이 될 수도 있다.

해그림이 출간된 지 두 달도 채 되지 않은 『최고 멋진 날』에 뜻밖의 이별 통보를 전하게 된 데에는 이런 임프린트 제도의 철저한 매출 결과주의가 있었다.

『최고 멋진 날』은 그가 그림책 작가를 꿈꾸기 시작하고

———

1°

자회사 제도는 대형 출판사가 특정 분야나 독자층에 맞춘 전문 브랜드를 육성·운영하기 위해, 새로운 출판사(자회사)를 설립하는 제도이다. 1990년대 이후 출판산업의 경쟁 심화와 경영 다각화가 진행되면서, 편집과 기획, 마케팅, 유통 등을 독립적으로 운영할 수 있는 자회사 제도가 확산되었다. 이 제도는 모회사가 주력하고 있는 시장에서 새로운 시장으로 진출할 때 효과적으로 활용되었다. 브랜드명의 경우, 모회사의 브랜드 신뢰도를 유지하고자 할 때는 ○○어린이, ○○주니어와 같은 방식으로 확장해 사용하였고, 반대로 모회사와 다른 이미지를 구축하고자 할 때는 독자적인 브랜드명을 사용하였다.

2°

분사 제도란 출판사의 주요 부서를 기능별로 나누어 독립적으로 운영하는 방식이다. 가령 조직을 기획·편집 분사, 홍보·마케팅 분사, 본사 등으로 구분하고 각 분사에 독립된 업무 권한과 책임을 부여하는 방식이다. 각 분사는 전문성을 기반으로 수평적 관계를 유지한다는 점에서 기존의 위계적 출판 시스템과 구별된다. 또한 회사 소속의 출판인이 자율적으로 전문 업무를 수행한다는 점에서, 회사와 계약 관계에 있는 편집자가 브랜드를 운영하는 임프린트 제도와도 차이를 보인다.

13년 만에 손에 쥔 첫 책이다. 데뷔 후 남들 같으면 20~30년은 걸릴 법한 작업량을 10년 동안 소화하며, 자신의 이름으로 자기 세계를 단단히 구축하고 있는 작가의 습작 시기가 13년이었다는 것에 사람들은 어떤 느낌을 받을까. 그의 삶은 여전히 진행형이지만, 현재를 일종의 결과로 상정하고 13년이라는 시간을 헤아려 보자. 명망 있는 작가에게 흔히 있을 수 있는 혹은 그럴 만한 가치가 있는 시간이라는 낭만적인 감상에 젖을지도 모르겠다.

하지만 나는 그 시간이 그리 낭만적이지도, 그 시간으로 인해 지금의 고정순이 있을 수 있다는 영웅서사 같은 인과관계도 그리고 싶지 않다. 위대한 작가가 탄생하기까지 그 정도의 고난과 시련은 있을 법하다는 것은 좀 상투적인 이야기 같고, 피상적인 감상 같기 때문이다.

작가를 꿈꾸는 이에게 습작의 시간이란, 발을 땅에 붙인 채로 현실이 될지 모를 미래를 좇는 나 자신을 견디는 삶을 살아야 한다는 뜻이다. 그가 쓴 산문집이나 그가 등장하는 만화책 『자리』(김소희, 만만한 책방, 2020)를 보더라도 그의 13년은 지속적인 가난의 시기였고, 공모전에서 끊임없이 낙방하는 시기였으며, 모처럼 연락을 준 출판사에서 자신의 글에 유명 저자의 이름을 붙이자는 제안을 받았던 가슴 쓰린 순간이었고, 일방적인 계약 해지를 당하기도 했던 수많은 거절의 시간이었다.

물론 그 시간을 겪었기 때문에 지금의 그가 있다고 할 수는 있다. 하지만 지금의 그가 있기 위해 그 시간이 반드시 필요했을까라는 물음에는 장담하기 어렵다.

이 책의 인터뷰이로 고정순 작가가 정해졌을 때 많이 반가웠다. 고백하자면 나는 문학을 꿈꾼 후로 꼬박 15년을 지망생으로 지냈다. 그때를 '명함이 없던 시절'이라고 말할 수 있는데, 10년 이상 명함 없이 지낸다는 것은 꿈만 붙든 상태로 20대를 훌쩍 넘기고 30대를 꾹꾹 눌러 사회 속에서 '아무것'이 아닌 상태로 살아간다는 뜻이다. 그래도 지금은 무엇인가가 되어 있는 사람의 시간을 돌이켜 13년, 15년을 바라볼 때 별것 아닌 것처럼(혹은 길지만은 않은 것처럼) 느낄 수도 있겠지만, '아무것'도 아닌 채로 20·30대를 견딘다는 건, 자신을 향한 초라함이나 부끄러움, 모멸감까지 견뎌야 하는 것이니 평범하게 생각해도 쉽지 않은 시간이다.

그도 한때는 작가 지망생 생활을 그만둬야겠다고 생각하기도 했다. 바리스타 자격증을 따서 그림책의 독자로 남는 거다. 그런데 그게 자신이 없었다. 그림책을 그만두면 그림책을 못 볼 것 같았다. 이게 두려웠다. 그의 아버지가 "포기도 재능이다"라는 말을 했다는데, 포기에도 재능이 없었던 그는 서른아홉에야 비로소 작가가 되었다.

처음으로 출판사로부터 교정지를 받았을 때는 기분이 묘하고 막 설레서 잠도 잘 못 잤다고 한다. 책이 나오는 날에는 출판사에서 택배로 작가 증정본을 보내 준다는 것을 기다리지 못해 직접 출판사를 찾아갔을 만큼, 자신에게 온 그림책이 감격스러웠다. 책을 처음 마주하고는 눈물을 주체할 수 없었는데, 이 눈물은 한 달이 지나서 다른 의미의 눈물로 바뀌어 버렸다.

"그때 이렇게 밥 먹다가도 울고, 잠을 자는데도 울고, 계속 울었어요. 왜 악몽 같은 걸 꾸면 자기 악몽에 깰 때가 있잖아요. 그런 것처럼 내 우는 소리에 깨는 거예요. 칼을 칼 때도 울고 그냥 계속 울었어요. 그때 제가 건강이 많이 안 좋았거든요. 칠 못 게 너무 걱정하는 거예요. 병이 악화될까 봐 옆에서 전전긍긍하고 그랬어요. 병이 악화될까 봐 옆에서 전전긍긍하고 그랬어요."

다행히 절판 통보를 받은 지 다시 한 달 만에 같은 회사 임프린트 브랜드인 웅진주니어에서 『최고 멋진 날』을 살려서 내겠다는 연락이 왔다. 당시 오은영 박사가 추천 도서로 선정한 것이 영향을 주었다. 해그림에서 만든 초판과 판형도 디자인도 모두 똑같은, 브랜드명만 바뀐 버전이었다. 웅진주니어에서 발행한 책은 여전히 유통 중이고, 해그림에서 발행한 초판은 도서관에서 볼 수 있다. 브랜드는 다르지만 둘 다 발행처가 ㈜웅진씽크빅으로 표시되어 있고 초판 1쇄 발행일도 2013년 4월 15일로 동일해서 쌍둥이 같은 책이다.

고 작가는 웅진주니어에서 책이 다시 나온다고 했을 때 눈물이 딱 그쳤다며, 참 책이 사람을 들었다 놓았다 한다고 웃어 보였다.

그렇게 다시 책에 생명이 붙었지만 본능적으로 살아야겠다고 생각했다. 책이 다시 나왔다고 해도 이 책 한 권만 사는 거지 작가로서 달라지는 것은 없다는 자각에서였다. 책 하나만 내고 끝내기에는 삶이 너무 슬펐다. 그래서 당시 웅진주니어의 안경숙 편집장에게 거짓말을 했다. 시리즈가 있다고. 편집자가 언제 내 말에 귀를 기울여 주겠나라는 절박한 마음에서였다. 나중에 고 작가는 안경숙 편집장에게 그때 거짓말을 해서 미안하다고 사과했는데, 안 편집장은 현실로 만들었는데 뭐가 거짓말이냐며 괜찮다고 했단다. 첫 책 이후 웅진주니어에서 나온 『슈퍼 고양이』(2016)와 『점복이 감정이』(2017)는 거짓말이 현실이 된 작품들이다.

고정순 작가와 그의 책에는 독특한 별명이 있다. '그림책계의 저승사자'와 '다크 그림책'이 그것이다. 그의 책에는 이별, 죽음, 상실과 같은 소재들이 자주 다뤄진다. 목련처럼 화사한 첫 책 『최고 멋진 날』도 주인공 토끼가 죽음을 맞이하지 않는가. 물론 그 안에는 따뜻하게 삶을 끌어안는 작가의 정서가 짙게 깔려 있지만, 어린이책은 밝고 희망적이어야 한다는 통념을 가진 이들에게는 낯설 수밖에 없다.

그가 데뷔할 당시는 어린이들에게 보여 줘도 되는 이야기와 그렇지 않은 이야기에 대한 구분이 지금보다 명확했다. 그는 그림책 공부를 시작한 후 긴 시간 동안 '그냥 난 내가 하고 싶은 것을 하면 된다'고 생각했다. 출판사 입장에서는 그림책이 지니고 있어야 하는 성향과 교육적인 측면을 갖춘 콘텐츠가 필요했을 것이다. 하지만 그는 이를 몰랐다. 만약 알았다면 데뷔하는 데 그렇게 오랜 시간이 걸리지 않았을지도 모른다.

시작은 어려웠고, 왜 이런 어두운 책을 내느냐고 따지러 온 기자도 있었고, 아이들이 자기 책이 아니라 엄마 책으로 여긴다는 후기를 듣기도 했다. 종종 '작가님이 좋아하실 것 같다'며 추천사를 부탁하는 책은 가정폭력 같은 이야기들이었다. 하지만 '고정순 스타일'의 그림책을 사랑하는 편집자들이 있어 작가로서 하고 싶은 것을 꾸준히 할 수 있게 된 것은 큰 행운이다. 그는 여전히 편집자와의 협업을 중요하게 생각하는 작가다. 편집자는 그에게 뮤즈이기도 한데, 그가 혼자서 어떤 이야기를 만들었다 하더라도 그 이야기가 어느 정도 세상의 보폭과 맞을 것인가를 가늠해 주는 사람이 편집자이기 때문이다.

하지만 4남매 중 중간에서 자란 탓인지 어느 정도의 소외감을 오히려 즐기는 그는 어딘가에 매여 있거나 누군가에게 유일한 무엇이 되는 것이 부담스러워서 일부러 다양한 편집자(출판사)와 작업을 하게 된다고 한다. 자신에게 과도한 관심이 쏠리지 않으면서 적당히 잘 지낼 수 있는 자유가 그에게는 중요하다. 같은 맥락에서 공모전 심사위원도 맡지 않는데, 이유는 자신의 시각이나 취향이 어떤 단체나 출판사의 대표성을 띠게 되는 것이 부담스럽기 때문이다.

이제 어려운 시절은 지난 것처럼 보인다. 그에게는 웅진주니어라는 든든한 친정이 있다. 길벗어린이는 '고정순 그림책방'이라는 단독 라인을 만들어 주었다. 만만한책방은 그가 무엇이든 자유롭게 실험할 수 있도록 지원해 준다. 이제 유명 작가라는 것을 좀 즐길 때도 되지 않았을까라는 질문에 그는 입장이 조금 달라졌을 뿐이라고 말했다.

신인 시절에는 원화까지 다 그려서 책의 형태로 만들어서 가지고 가도 출판사에서 봐 줄까 말까 했다. 포트폴리오를 들고 가면 일부러 대기실에서 기다리게 하는 경우나, 약간은 무례한 사람도 있었다. 하지만 지금은 그 입장과 위치가 바뀌었을 뿐이라며, 입장이라는 것도 크게 보면 역할 놀이 같은 것인데 우리는 영원한 것은 없다는 사실을 늘 잊는 것 같다고 했다. 그러면서 달라진 점을 몇 가지 추가하자면 돈 생각하지 않고 재료를 고를 수 있는 여유와 옛날만큼 편집자를 어렵게 만나지 않아도 된다는 것, 때로는 편집자의 고민을 들어 주고 상의해 줄 수 있는 작가가 되었다는 것이다.

입장, 경제적 여유, 사회적 위치 같은 것은 본질이 아니어서 얼마든지 달라질 수 있다. 그런데 변화 속에서도 변하지 않은 것은 그의 성실함이지 않을까. 일반적으로 작가라고 하면 재능이 있어서 창작하는 사람이라고 생각하기 마련이지만, 실제 작가들은 창작자란 재능과는 별개로 성실해야만 가능한 직업이라고 입을 모은다. 재능이야 있으면 좋지만, 창작자라고 해서 다 재능이 있는 것은 아닐 것이다. 오히려 창작이 좋아서 하고 싶고, 좋으니까 자꾸 하게 되고, 자꾸 하니까 자연스럽게 실력이 늘어 마치 그게 결과적으로 재능처럼 보이는 경우가 더 많지 않을까 싶다. 창의적이고 창조적인 것만을 재능이라고 생각하는 틀을 버린다면, 성실함 역시 대단한 재능이다. 우리는 성실함이 얼마나 어려운 것인지 매년 1월 4

일에 깨닫지 않는가.

어쨌든 고 작가는 '성실함은 그냥 재능이 없는 나의 개인기가 아닐까'라는 생각을 해 본다고 했다. 그리고 타고나지 않았다면 성실해야 하는데, 언젠가 한 기획자에게 "너는 너무 열심히 하는 것이 불편해"라는 말을 듣고 굉장히 충격을 받았던 기억을 떠올린다. "너는 열심히 해도 안 될 것 같다"라는 말을 돌려서 하고 있다는 느낌과, 나에게는 '열심'이라는 것밖에 없는 것인가 하는 자괴감 때문이었다. 이때의 기억으로 '성실'이라는 것에 대해 양가적인 감정을 가지고 있지만, 지금 자신에게는 의무감이든 책임감이든 계속해 내는 루틴이 더 필요한 것 같다며 그 방식을 고민하는 중이라고 한다.

이쯤 되니 지망생 시절로 돌아갈 수 있다면 돌아가겠다고 하는 그의 말이 이해가 된다. 그때는 다 쓸모없는 시간이라고만 생각했고, 기다려 주는 사람도 오라는 사람도 없었지만, 이웃의 지나가는 이야기까지 모두 그림책 장면으로 환산되어 끝없이 작업을 했던 시절이 그립다고 했다. 하고 싶다는 마음 하나로 몰두하고 달려가던 그때가 가장 순수했던 시절이었다며, 지금은 그때만큼 몰두하고 있지 않은 자신을 발견하면서 뭔가 놓치고 있다는 생각이 들기도 한다고. 그래서 성실함이 주는 답답함이 있더라도 그때처럼 작업하는, 강제적인 환경을 만들고 싶다는 것이다. 그 시간을 다시 살 수 없다면 어떤 미션을 만들어서라도 그 시간처럼 사는 게 고정순이라는 사람에게는 필요한 것이다.

이런 이야기를 듣고 있으니, 그림책의 주인공들이 환영

처럼 툭툭 튀어나온다. '다른 새들보다 늦게 먹이를 찾을 수밖에 없지만 멈추지 않고 걸어가는 비둘기'[3]가 내 옆을 걸어가고, '곧 죽게 될 거지만 가만히 앉아 죽을 수는 없는 늙은 산양'[4]이 나를 제치고 멀찍이 앞서간다. 그 모습을 넋 놓고 보고 있는데 어느새 무무 씨[5]가 나타나 "너도 너만의 달을 만나기를 바라"라는 말을 혼잣말처럼 떨구고 사라진다. 무무 씨의 말에 정신을 차리자, 내 앞에서 고정순 작가가 이런 말을 읊조리고 있다.

"시간을 견딘다는 건 생각보다 어려워요. 그리고 아주 많은 사람이 제를 좀 많이 말렸어요. 제가 『캄드를……를 좀 많이 올리고』(만만한책방, 2017)를 냈을 때 친구가 (얘진한터라고요. 중간에 얘가 그냥 수건을 던졌으면 했다고요.'요. 중간에 얘가 그냥 수건을 던졌으면 했다고요."

복싱에서 가드[6]는 상대에게 공격이 들어올 때 방어하

<hr>

3°
고정순, 『나는, 비둘기』, 만만한책방, 2022.

4°
고정순, 『어느 늙은 산양 이야기』, 만만한책방, 2020.

5°
고정순, 『무무 씨의 달그네』, 달그림, 2021.

는 자세다. 그런데 여기에는 다른 의미가 하나 더 있다. KO를 당하기 전에 경기를 지속하는 것이 위험해 보이면 심판은 선수에게 묻는다. 계속할 거냐, 포기할 거냐. 이때 가드를 올리는 행위는 계속할 수 있다, 나 이렇게 방어할 만큼 의식이 있다는 사인이다. 고 작가의 삶은 후자의 가드를 올리는 행위에 가깝다. 복싱 선수가 가드를 올려 자신의 생각을 전달하는 것처럼, 그는 그림책을 만들어 자신의 말을 전한다. 그러니 그의 책들은 고정순 자신일 수밖에 없어서, 고정순의 그림책을 펼치면서 고정순의 마음을 펼치게 되고, 주인공을 응원하다 보면 고정순을 응원하게 되는 것이다. 그 안에서 발견하는 내 마음까지 위로하면서 말이다. 서로에게 스며들기, 이게 고정순 그림책의 가장 큰 힘이지 않을까.

"인터넷 서점에 책이 쭉 뜨는 때, 저는 '절판'이라는 글씨를 봤잖아요. 이 글씨가 작가로서 실망 선고같이 느껴졌어요. '절판'이라는 글자 모서리에 가슴이 찔리는 끌림이었어요. 그 경험 때문에 역으로 내가 성장한 것도 있지만 언제든 그런 일이 일어날 수 있었다는 것을 알려 줬어요. 사라지는 출판사들이 있는 것처럼 내 책도 서서히 잊힐 수 있겠구나…… 이런 마음의 준비를 오래전부터 하게 되었죠."

———

6°
guard. 지키다, 보호하다.

절판의 경험은 내 책이 세상에 존재할 수 있을까, 나는 계속 작가로 살 수 있을까와 같은 고뇌를 넘어 삶을 대하는 마음의 결을 바꿔 놓았다. 언제든 글자 모서리가 마음을 찢을 수 있다는 걸 알게 한 경험은, 삶에서는 모든 경우의 수가 일어날 수 있다는 것을 깨닫게 했다. 우리는 늘 행운이 오기를 기도하지만, 그는 자신을 비껴간 수많은 불행을 상상한다. 오지 않은 행운보다 비껴간 불행들이 더 많다는 것을 감각하고, 찾아오지 않은 행운을 생각하며 시간을 낭비하지 말자고 다짐한다. 그리고 가장 견디기 힘들 것 같은 '살아 있지만 죽어 있는 상태', 즉 서서히 잊히는 것도 마음으로 대비하게 되었다.

불행이 언제든 나에게 올 수 있다는 경험을 하게 되었을 때 우리는 어른이 되는 것 같다. 비록 불행이 휩쓸고 간 후에야 내 삶에 내려앉는 깨달음이지만, 그 덕에 우리는 숨 쉴 수 있는 이 순간에도 감사하게 된다. 한때는 간절히 바라기도 했던 요행이 나와는 무관한 이야기가 되고, 그저 묵묵히 하루하루를 성실히 살아가게 되는 것이다.

그에게 요즘 가장 바라는 것이 무엇이냐고 물었다. 그는 진짜로 국내에서 책이 잘 팔렸으면 좋겠다고 했다. 요즘 '계절 책'이 잘 된다는데 5·18을 다룬 『봄꿈』(길벗어린이, 2022)이 왜 봄에 팔리지 않는지, 워킹맘 이야기인 『엄마 왜 안 와』(웅진주니어, 2018)와 택배 노동자 아빠 이야기 『아빠는 내가 지켜줄게』(웅진주니어, 2019)가 왜 가정의 달에 팔리지 않는지 궁금하다며 소년처럼 웃어 보였다. 그러면서 같은 5·18을 다룬 소설 『소년이 온다』(한강, 창비, 2014)를 보면 무거운 소재로 대중성까지 확보한 한강 작가가 많이 부럽다고, 자신은 아직 그런 면에서 이룬 것이 없다고 담담하게 말한다.

유사 이래로 출판이 어렵지 않은 적이 없다는 우스갯소리가 들릴 정도로 책이 안 팔리는 시절이다. 다작을 하는 데다 인정까지 받은 작가가 제일 원하는 것이 책의 판매라니. 책을 매만지는 일을 하는 모든 이들의 바람이 이제 좀 이루어졌으면 하는 마음에, 그의 소망 위에 내 소망도 슬쩍 포개어 본다.

"이것도 사실 생산직인 거잖아요. 근데 새우탕 책에 내는 거랑은 좀 달라요. 감정도 되게 많이 섞여 있고 드라이하게 사업적으로만 볼 수도 없고요. 그러다 보니 이런저런 것들을 모두 아울러서 오래 견딜 수 있어야 하는데, 작가든 편집자든 출판사 사장이든 모두 책의 속성하고 좀 닮아 있지 않나 싶어요. 시간이 필요한 작업에 시간을 견디는 사람들이 모인 거죠. 근데 잘 견디는 사람들이 많지 않더라고요."

몇 년 전까지 사람들 사이에서 '결'이라는 단어가 유행처럼 쓰인 적이 있다. '(그 사람에게) 결이 느껴진다', '나와 결이 같은 사람', '우리는 결이 달라'와 같은 표현 속에서 나는 길을 잃었었다. 도무지 손에 잡히지 않는 단어인데, 사람들은 생각이나 의견이 같거나 다를 때, 누군가를 자기 안에 들이거나 배제할 때, 자신을 설명하거나 남을 규정할 때 쉽게 이 '결'이라는 무기를 꺼내 들었다. 결국 '결'은 나에게 모호하고 불편한 단어가 되었고, 나는 일부러 그 단어를 쓰지 않으려고 애썼다.

그러다 13년을 견딘 작가를 만난 15년을 견딘 작가는 깨달았다. '결'이란 한 인간에게 시간이 남긴 흔적이었다. 바람이 모래 위에 자국을 남기듯 시간도 우리의 삶에 크고 작은 파랑의 흔적을 남긴다. 고정순 작가에게선 시간을 견딘 흔적들이 결로서 보이고, 들리고, 만져졌다.

폭염이 끝난 후 찾아온 가을볕이 반갑다. 어쩐 일인지 창가에 걸린 나뭇잎 하나가 거듭 파르르 파르르 몸을 떤다. 다들 잔잔히 흔들리는데 유독 그 나뭇잎 하나만 그렇게. 가을이야 흘러가는 것이겠지만, 가을을 살아 내는 방법이란 모두 같을 수 없는 일이다.

○

인터뷰이 고정순

한국의 대표적인 그림책 작가이다. 해야 한다면 시작하고, 필요하다면 만드는 성격이라 수필가, 소설가, 그림책독립출판사 달극장 대표, 고정순책방 사장, 글쓰기 선생, 그림책 선생 등 다양한 명함이 있다. 아직 그에게서 그만두는 능력은 발견되지 않았다고 한다.

—

만난 때, 곳 2025년 1월 9일 오전 11시, 파주 탄현면 헤이리마을 물고기자리

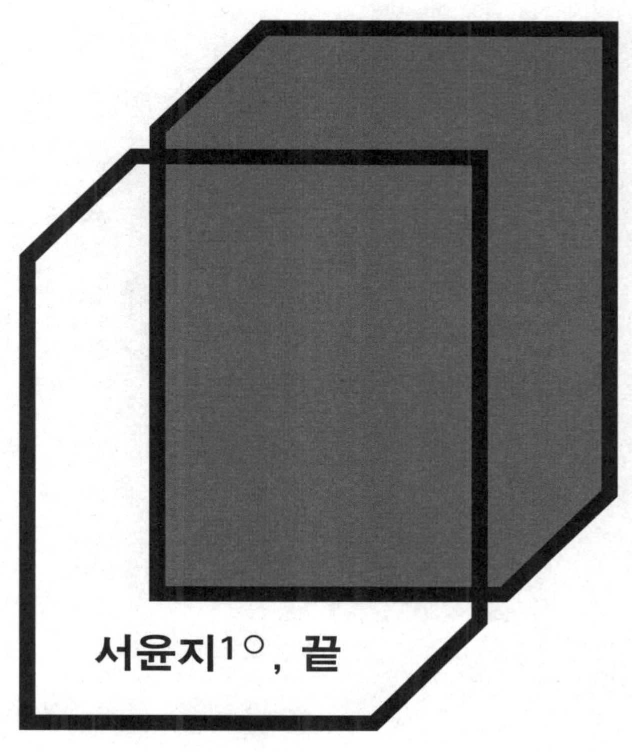

———

[1]

좋아하는 책과 많은 것을 하고 싶어 '책으로 하는 모든 것'이라는 이름으로 활동하고 있다. 어린이 독서 지도사, 독서 모임 운영자로 일을 하고 있으며, 페리 노들먼의 『그림책론』(김상욱 옮김, 보림, 2022)과 빅토르 위고의 『레미제라블』(정기수 옮김, 민음사, 2012)을 다시 읽고 있다.

곁가지를 보살피는 순간들

비가 부슬부슬 내리던 금요일 저녁, 홍대 근처 카페를 향해 걸어가고 있다. 『끝, 책』첫 인터뷰이인 테오리아 유지희 대표를 만나러 가는 길이다. 가로등 불빛이 빗방울에 부딪혀 번졌고, 사람들은 저마다 우산을 높이 들고 약속 시간에 늦은 듯 서둘러 골목을 지나간다. 금요일 밤답게 거리는 활기찼지만, 나는 잔뜩 긴장해 얕은 한숨을 내쉬며 질문지가 빗물에 젖을까 조심스레 가방 안을 만지작거렸다. 내가 인터뷰를 하고, 그게 또 책으로 나온다니……. 남다른 감회를 느끼며 돌이켜보니, 이 모든 게 모두 책으로 이루어진 인연들이었다.

전 세계가 전염병으로 멈추었던 시절, 나 또한 집에서 강제로 은둔의 시간을 보내고 있었다. 주말 부부에 독박 육아. 사람들도 만날 수 없는 고립의 상황에서 어차피 아무것도 못 할 바에 책장에 꽂힌 책이나 읽자 하며 집에 있는 책들을 읽기 시작했다. 아이들을 돌보고 집안일을 하는 시간 외 시간에 온라인으로 열리는 각종 북토크와 강의들도 듣고, 출판사 서포터즈와 서평으로 SNS 활동을 하며 책을 읽고 만드는 사람들과 교류하기 시작했다. 하루가 온통 책으로 가득했던 시기. 넘치게 들어오는 새로운 지식들과 생각들, 책 속의 글을 넘어 글을 쓰는 사람들과 책을 만드는 사람들의 이야기가 보였고, 만나고 싶어졌다.

그래서 2022년 처음 서울국제도서전에 가 보았다. 마치

TV에서 보는 연예인을 만난 것같이 출판 부스를 오가며 인사하고 다녔던 기억이 새삼 떠오른다. 이미 알고 있는 크고 작은 출판사들을 보는 즐거움도 있었지만, 가장 좋았던 것은 새로 알게 된 작은 출판사들이었다. 부스들 사이 코너에 부드러운 갈색 패브릭을 덮은 작은 테이블 위에 까만 먹지의 책이 눈에 띄어 다가갔다. 호기심을 갖고 구경하는 독자에게 수줍은 목소리로 책을 설명해 주던 그 사람. 테오리아 유지희 대표와의 첫 만남이었다.

그때 눈에 띄었던 까만 먹지의 책은 2022년 서울국제도서전 '다시, 이 책' 선정작이기도 했던 『밀레나, 밀레나, 황홀한』(배수아, 2022)이었다. 앞표지에 제목도 없었고, 표지 질감은 마치 무지 노트 같았으며, 본문에는 빈 여백의 속지가 종종 있었다. 그 책의 디자인과 편집은 책에 대한 나의 생각을 단번에 바꾸어 버렸다. 책은 작가의 글만으로 이루어진 것이 아니라 편집과 디자인, 종이와 폰트, 판형 등등 그 모든 것이 종합된 것이었다. 이런 책을 기획하고 만드는 출판사는 또 어떤 책을 만들까? 하는 호기심은 이후 출판사의 SNS를 팔로우하게 하고, 서포터즈로 활동하며 작가의 전작이 아니라 출판사가 출간한 대다수의 책을 읽게 만드는 동기가 되었다.

그래서 이 책의 인터뷰 원고를 제의받고, 인터뷰 공부차 참고한 책 『인터뷰하는 법』(장은교, 터틀넥프레스, 2024)에서 읽은 '만나고 싶은 '사람'에 집중한 인터뷰, 지식이나 정보보다 그 사람의 경험과 생각, 삶이 궁금한 인터뷰를 해 보라'는 부분에서 테오리아의 유지희 대표를 떠올렸다. 그 마음을 그대로 옮겨 인터뷰 요청 메일을 적었다. 그리고 오늘, 예약한 카페의 문을 밀고 들어선 순간, 커피 향과 함께 따뜻한 공기가 나를 감싸안았다. 수업을 마치고 바로 나온 터라 약속 시간에 늦을까 걱정했는데, 다행히 약속 시간 전이었다. 먼저 커피를 시키고 자리에 앉아 있으려는데, 빗방울이 묻은 우산을 접으며 유지희 대표가 들어왔다.

우리는 인사를 나누고 커피와 케이크를 시켜 예약한 자리에 앉았다. 은은한 커피 향과 잔잔한 재즈가 어색한 공기를 덮어 주었다.

대표님, 이렇게 시간을 내 주셔서 감사합니다.

반갑게 인사하는데, 인터뷰 걱정에 내 목소리 끝이 조금 떨렸다. 그는 "저도 인터뷰를 '당하는' 건 처음이에요"라고 분위기를 편하게 풀어 주었다. 부드러운 웃음에 긴장을 풀고, 녹음기 버튼을 누르며 인터뷰를 시작했다. 질문지에는 출판사의 첫 책부터 끝 책까지, 1인 출판사의 생존과 고집, 그리고 기록의 의미에 이르기까지 빼곡히 적혀 있었다. 그러나 막상 대표를 마주하고 보니, 종이 위의 문장들이 순간순간 사라지는 듯했고, 오히려 내 앞에 앉아 있는 그의 얼굴과 목소리, 지금 이 자리의 공기와 분위기에 더 집중하게 되었다.

출판사를 어떻게 시작하게 되었나요?

인터뷰는 시작되었다.

테오리아 출판사의 시작은 의외로 소박했다.

“노후에 좋아하는 일을 하면서 용돈 200만 원만 벌면 좋겠다고 생각했어요.”

농담 같았지만, 진지했다. 다른 사업처럼 거대한 자본이 필요하지 않다는 점, 그리고 무엇보다 '책'이라는 매체가 주는 매혹. 그것이 그를 이 길로 이끌었다. 처음부터 길이 곧게 뚫려 있었던 건 아니다. 오히려 길은 비스듬히 놓여 있었다. 첫 책을 내기까지 2년 가까운 시간이 걸렸고, 판권을 얻지 못해 절판된 고전을 찾아야 했다. 그렇게 세상에 나온 첫 책이 제임스 에이지의 『가족의 죽음』(문희경 옮김, 2015)이었다. 제목처럼 무겁고 단단한 시작이었다.

테오리아는 10여 년 전에 시작해 현재까지 약 50여 종의 책을 출간해 냈다. 작은 출판사가 어떻게 살아남을 수 있느냐는 질문에, 그의 대답은 솔직했다.

“비결이요? 정부의 돈이죠.”

말끝에 웃음이 묻어났지만, 그 안에는 쓸쓸함도 있었다. 세종 도서, 문학 나눔, 문화 재단의 지원 사업……. 그것들이 테오리아를 지금까지 버티게 한 버팀목이었다. 하지만 그 지원은 언제나 불안정했고, 늘 원하는 만큼 되는 것도 아니었다. 작은 출판사로 살아남는 일은 언제나 불안과 마주하는 일이었다. 대표는 인터뷰 도중 “출판은 늘 어렵다”라는 말을 여러 번 반복했다. 그 말은 단순한 푸념이 아니라, 지난 10여 년 동안 몸으로 겪은 현실의 방증이었다. 1인 출판사로 한 권의 책을 준비하는 동안 교정과 교열, 판권 협상, 디자인과 인쇄까지 모든 과정이 그의 손을 거쳐야 했다. 출판도 시장이기에 잘 만든 책을 잘 팔아야 하는 마케팅 또한 넘어야 할 벽이었다.

출판이 어렵다는 말에 나는 고개를 끄덕였다. 독자로서 나 또한 체감한 바가 있었다. 동네 서점에서 열리는 작가 초청 북토크나 여러 행사들이 점점 줄어들고 있었다. 책방지기들이 지원 사업을 신청하고 싶어도 예산이 없어 사업 자체가 사라지는 일들이 생겼다.

재작년에는 동네 도서관에서 북큐레이터 자격증 강의를 들은 적이 있다. 10주의 긴 기간이었지만, 과정을 이수하여 자격증을 받고, 도서관의 제안으로 시민 북큐레이션 동아리를 만들어 1년 동안 도서관 북큐레이션을 담당했다. 주제를 정하고 그에 맞추어 좋은 신간들과 책들을 소개하려 했는데, 도서관 예산상 신간 구입이 어렵게 되어 도서관 내 숨어 있는 책들을 발굴하는 방식으로 큐레이션을 진행했던 경험이 있다. 결과적으로 도서관에 숨겨져 있던 보물 같은 책을 찾는 방식이 좋은 결과를 낳았지만, 장서 구입이 줄어드는 것을 바로 현장에서 목격한 것이다. 유 대표는 '좋아하는 일을 하다 보니 걷게 된 길' 정도로 말했지만, 사실 좋아하는 마음만으로는 버티기 힘든 영역이 아닐까. 10년이 넘도록, 그것도 혼자서 출판사를 이끌어 왔다는 사실에 사뭇 놀라웠다. 책을 내는 일이 그에겐 단순한 '돈을 벌려는 사업'

이 아니라, 의지와 고집의 다른 이름처럼 보이기까지 했다.

"혼자 하다 보니 1 년에 많아 봐도 서너 권 정도예요. 그중 한두 권의 지원에 선정되면 숨을 돌릴 수 있죠."

그 말속에서 테오리아만의 리듬이 느껴졌다. 봄. 여름. 가을. 겨울. 계절이 바뀌듯 지원 사업의 공고가 열리고, 한 권의 책이 교정지를 넘어 세상으로 나오는 리듬. 혼자 하는 출판은 결국 자신의 삶과 호흡을 리듬에 넣어 책에 불어넣는 일이었다. 그에게 책을 만드는 일은 직업적인 의무가 아니라 삶의 습관이 아닐까 생각했다. 누군가는 책을 읽으며 하루를 열고, 누군가는 책을 쓰며 하루를 마무리하듯, 그는 책을 '내며' 하루를 살아가는 사람이었다.

책을 기획하고 선정할 때 가장 중요하게 생각하는 건 무엇일까? 테오리아의 책들을 읽으며 독자로서 가장 궁금했던 질문이기도 했다.

"자료적 가치가 있어야 해요. 오래 남을 책, 두고두고 사람들 책장에 꽂힐 책."

테오리아의 출판 철학을 이해할 수 있는 대목이다. 인스턴트 음식처럼 유행에 민감하며 빠르게 읽히고 쉽게 잊히는 책들이 범람하는 시대 속에서, 테오리아의 책은 늘 '오래 머물 수 있는 책'을 지향하고 있었다. 그래서인지 테오리아의 책을 펼치면, 언제나 어딘가 묵직한 감각이 느껴졌다. 단순히 글의 무게 때문만은 아니다. 자료의 촘촘함, 디자인, 종이의 질감, 책이 지닌 물성 자체 또한 그런 무게를 품고 있었다.

나의 책장을 떠올렸다. 내 서재 한쪽에 쪼로록 꽂혀 있는 책들. 그중에서도 유난히 두꺼운 존재감을 드러내는 『미신의 연대기: 지워진 믿음의 기록』(이창익, 2021)과 『시간의 연대기: 잊힌 시간 형태의 기록』(이창익, 2025)은 내가 테오리아 책 중 가장 좋아하는 책들이다. 두 책 모두 공교롭게 같은 작가의 책이고, 일제강점기라는 역사적 시기를 배경으로 미신과 시간이라는 보이지 않는 것들이 사람들의 사고와 삶을 어떻게 지배하는가에 대해 이야기한다. '시간'이라는 추상적 개념이 얼마나 많은 갈등과 변화를 통해 지금의 형태에 이르렀는지 알게 되고, '기미년 삼월 초하루'라는 표기가 서양의 '1919년 3월 1일'로 바뀌는 순간 역사의 언어가 달라지고 세계의 감각이 바뀌었다는 사실을 알게 된다. 그 모든 변환을 한 권의 책으로 목격하는 일은, 독자로서 황홀한 경험이 아닐 수 없다.

그 책을 읽으며 너무 흥미로웠어요. 보이지 않는 세계가 이토록 설득력 있게 기록될 수 있다니. 최근 출간된 『시간의 연대기』는 800쪽이 훌쩍 넘어서 그 두께에 또 한번 놀랐고요. 작업이 오래 걸렸을 것 같아요.

"원고가 자꾸 불어나더라고요. 처음엔 300페이지 정도 우리는 웃었지만, 동시에 그 고백의 무게를 느꼈다. 책 한 권이 출판사의 끝이 될 수도 있다는 두려움, 그러나 그 끝을 감수할 만큼 강렬했던 집념. 그 책은 그래서 단순한 한 권의 책이 아니라, 출판사 테오리아 현재의 '끝 책'이자 동시에 새로운 시작의 책이었다.

테오리아의 책들은 신문과 잡지 등 여러 매체에서도 자주 인용되고 소개되곤 하는데, 유 대표는 그때가 출판사를 하면서 가장 보람된 순간이라고 말했다. 작은 출판사로서 할 수 있는 최대 홍보가 언론 릴리스인데, 그마저도 신문 지면을 언론의 정수라 보는 자칭 고리타분한 발행인이라고 말했지만, 이것은 단순한 화제성 때문은 아니었을 것이다. 책마다 신뢰할 만한 자료를 기반으로 쉽게 소비되지 않을 기록을 남기려는 철학이 담겨 있었기 때문이라 생각된다. 유 대표가 말하듯 "빨리 읽히고 잊히는 책보다 오래 남아 독자의 책장에 꽂혀 있는 책"이야말로 출판사가 바라보는 곳이기 때문일 것이다.

그 말속에서, 다시 한번 출판의 본질에 대해 생각해 보았다. 출판이란 무엇일까? 출판은 새로운 것을 만들어 내는 일이 아니라 사라질 것을 붙잡아 두는 일일지도 모른다. 눈앞의 순간을, 손가락 사이로 흘러내리는 모래처럼 놓치지 않기 위해, 기록이라는 이름으로 책장을 묶어 두는 일. 잊히고 소외되기 쉬운 것들을 붙들어 모으고 기록하는 일.

이미 절판된 『각주의 역사: 각주는 어떻게 역사의 증인이 되었는가』(앤서니 그래프턴, 김지혜 옮김, 2016)라는 책 또한 그러했다. 중고가 15만 원을 호가하는 책이었다. 인터뷰를 준비하며 내가 모르는 책들이 있나 자료를 살피는 중 알게 되었고, 구하고 싶었으나 직접 손에 넣지는 못한 책. 대표는 웃으며 말했다.

"어마어마한 학술 책이에요. 그 책은 제가 아무것도 모를 때 낸 거예요. 저희 출판사의 두 번째 책이었는데, 어느 저명하신 분이 제 책은 대한민국에서 많이 팔리면 5천 부가 팔릴 책이라고 하셨죠. 그만큼 전문적인 책을 작은 출판사에서 낸 거예요. 좋은 책이고 자료로서의 가치도 있는 책인데, 지금 냈으면 훨씬 더 많이 독자들에게 다가갔을까 하는 책이었어요."

아무것도 모를 때 낸 책. 그 표현 속에는 후회와 애정이 동시에 스며 있었다. 무모할 만큼 순수한 열정, 그리고 지나고 보니 아쉬운 경험. 하지만 그런 무모함이 없었다면, 어떻게 1인 출판사가 지금까지 이어지고 이 책이 남을 수 있었을까.

'각주'라는 사소한 표식이 역사의 주인공으로 떠오르는 순간. 책의 곁가지라 여겨지던 것이 중심에 서는 경험. 나는 그 이야기를 들으며, 출판이라는 일이 본질적으로 '곁가지에 시선을 주는 일'일지도 모른다고 생각했다. 남들이 지나치는 사소한 것, 그러나 그것이 모여 하나의 풍경을 바꾸는 순간. 테오리아가 바로 그 자리에 서 있었다.

대화의 마지막 즈음, 조심스럽게 물었다.
"대표님께 테오리아의 끝 책은 어떤 책일까요?"
그는 잠시 말이 없었다. 눈길이 창가로 향했다. 홍대의 불빛들이 유리창에 번져 들어오고 있었다. 그 빛을 바라보며 그가 말했다.

"아마도 마지막까지 기록일 거예요. 근대의 역사, 일제 강점기의 기록, 때로는 불편한 기록일지라도 남겨야 할 것들. 해석은 독자의 몫이질만, 질뢰할 만한 기록이 먼저 있어야 한다고 생각해요. 잘 팔리지 않더라도 누군가는 반드시 읽어야 할 책. 그런 맥락에서 옛 회동서관을 기념하는 책도 나중에 언젠가 이 일을 마치기 전에 꼭 내 보고 싶다 생각했어요."

회동서관은 1890년대에 창업해 1950년대까지 존속했던 우리나라 최초의 근대식 서점이자 출판사다. 우리가 알고 있는 출판도시 파주 회동길의 '회동'이 이 회동서관의 이름을 딴 것이다. 외조부가 운영했다는 그곳에서 이광수의 『무정』(5판, 1924), 한용운의 『님의 침묵』(1926) 등이 출간되며 한국 출판이 시작되었다. 어렸을 때부터 줄곧 들어오던 외조부의 이야기를 떠올리며 회동서관이라는 이름을 이을까도 생각했지만, 이름에 걸맞은 큰 사업으로 시작하기는 부담스러웠다. 늘 마음 한구석에만 회동서관을 남겨 놓았는데, 인터뷰 끝에 '끝 책'은 무엇인지에 대한 질문을 받고 짚고 넘어가고 싶은 생각이 들었다고 한다.

인터뷰가 끝나고 그 주 주말에 나는 서울 종로 한 은행 앞, 옛 회동서관의 흔적을 찾았다. 비가 오락가락하며 무더움이 하늘을 찌르던 날씨였다. 결혼식이 있어 오랜만에 차려입은 정장과 구두 차림에 걸음이 불편했지만, 옛터를 찾으러 가는 마음만큼은 설레고 즐거웠다. 은행 근처에 도착해도 보이지 않아 지도 앱을 보며 이리저리 한참을 헤매었다. 사진으로 자세히 적어 놓은 블로그를 찾아보는데도 근처에서 한참을 헤매다 도로 옆 나무 사이 야트막한 무릎 높이의 표석을 마침내 찾았다. 애써 찾으려 하지 않으면 그냥 지나쳐 버릴 수밖에 없을 것 같은 곳에 작은 표석이 있었다. 사진을 찍고 그곳을 한참 바라보았다. 현재 작은 출판사 테오리아가 21세기에 내는 책들과 19세기 말 회동서관에서 시작된 첫 책들이 마주 서 있는 순간. 우리는 '출판의 끝 책'을 이야기하며 동시에 '출판의 첫 책'을 함께 말하고 있었다. 회동서관의 낡은 인

쇄기와 지금 테오리아의 책상 위에 놓여 있을 원고가 묘하게
이어져 눈앞에 어른거렸다. 도로 옆 작은 돌에 새겨져 남아
있지 않았다면 알지 못했을 과거가 현재를 관통하며 그 자리
에 있었다.

○

인터뷰이 유지희

책을 통해 세상을 알아보고 나를 돌아보고자 하는 테오
리아 출판사의 대표이자 1인 발행편집인이다. 출판사의 이름
(theoria)처럼 책을 통해 세상을 관조하며, '왜 이 책이어야 하
는가'를 묻고 그 답을 찾아 책을 만든다. 조용하지만 단단한
마음, 감각과 철학이 어우러진 생각들이 테오리아의 책에 고
요한 결을 남긴다.

—

만난 때, 곳 2025년 6월 20일 저녁 7시, 홍대 인근 카페

빈자리를 지켜 내는 마음

동네에 즐겨 가는 책방이 있다. 아파트 앞 상가 건물 4층에 자리한 짙은 초록색 문에 나무색 입간판과 커다란 나무가 어울려 반기는 책방. 문을 열고 들어가면 '딸랑'하는 종소리와 함께 들리는 음악 소리와 커피 향에 기분이 좋아지는 곳이다. 시와 문학을 좋아하는 책방지기의 취향이 책방 곳곳에 배어나고, 책방의 다양한 책 모임들이 한 달 달력에 빼곡히 적혀 있다.

책을 구매할 때 배송 혜택과 굿즈 욕심에 온라인 서점을 주로 이용했는데, 동네 서점이 있다는 이야기에 어느 날 들른 이곳이 이제는 장 보러 다니는 마트처럼 일상이 되어 버렸다. 함께 시 모임을 하고, 교수님과 함께 『열하일기』 완독클럽 스터디를 하고, 작가와의 만남, 체험 행사 등 책방에서 다양한 활동들을 한다. 어느덧 단골이 된 지도 몇 년이 지나니 책방에서 만난 사람들이 오랜 친구처럼 서로의 안부를 묻고 반기는 이웃이 되었다. 각박하고 무섭기까지 한 바깥세상과 또 다르게 이곳은 평온하고 또 활기차고, 안전하다.

책방에 들어서면 가운데 책장을 지나자 바로 보이는 작은 방이 있는데, 이곳은 날마다 전시가 끊이지 않는다. 하늘거리는 반투명으로 보이는 그림 커튼을 거치면 그림책 원화 전시, 사진 전시, 창작 글 전시, 시화 전시가 펼쳐진다. 어느 날에는 그림책 원화 전시를 보게 되었다. 작가의 스케치와 아이디어 메모들, 책 속 주인공을 쏙 닮은 손 인형들이 전시되어 있고, 작가의 숨결이 느껴지는 더미북도 놓여 있었다. 작고 아늑한 공간은 세상에 책이 태어나기 전 이렇게 엄마(작가)의 사랑을 받고 잘 자랐어요, 하는 느낌의 따뜻함과 더없이 어울린다.

『끝, 책』 필자 제안을 받고 인터뷰이를 고민하던 중 책방 사람들과 점심을 먹으며 들었던 이야기를 떠올렸다. 『나의 작은 집』[1]이라는 그림책에 관한 이야기였다. 저작권 문제로 절판될 뻔한 위기에 놓였는데 그 책을 만든 편집자가 새로운 출판사에서 다시 출간했다는 것이다. 편집자는 회사에 소속되어 책을 만드는 사람일 텐데, 이전 회사에서 만든 책이 절판된다고 다시 낸다고? 흔하지 않은 일에 호기심이 들었다. 다시 내고 싶을 만큼 좋은 책은 어떤 책일까. 그렇게 책을 지켜 낸 편집자는 어떤 사람일까.

그래, 이번 기획에 더없이 어울릴 분이다. 절판 위기의 책을 다시 살린 편집자와 작가, 작품 사이의 업무적인 관계를 넘어선 어떤 이야기가 있을 것 같았다. 책방으로 달려가 책방지기에게 『나의 작은 집』을 새로 출간한 편집자의 이야기를

1[]

초판은 2016년 상수리에서 출간되었고, 2024년에 길벗어린이에서 '작은 집이 있습니다'라는 부제를 달고 재출간되었다.

인터뷰집에 싣고 싶다는 생각을 전했다. 고맙게도 그는 연락처를 물어 알려 주었다. 길벗어린이 출판사의 송지현 편집자였다. 하지만, 메일 주소를 전해 받고도 연락을 한동안 망설였다. 안면도 없고, 인터뷰어로 특별한 이력도 없는 내가 인터뷰를 청해도 될까. 아니, 인터뷰를 거절하진 않을까 하는 걱정이 컸다. 하지만 그 이야기를 꼭 듣고 싶었다. 메일을 보냈고, 그날 바로 답장이 도착했다.

"책 만드는 과정에 있던 작은 이야기를 놓치지 않고, 마음을 알아주신 선생님 편지에 마음을 흔들리네요. 특히 애정하신 '나의 작은 집' 이야기를 할 기회라니 기꺼이 해 보겠습니다."

세상에. 이런 따뜻한 답장이라니. 기쁜 마음에 바로 인터뷰 일정을 잡았다. '기꺼이'라는 말이 긴장되고 떨리던 마음을 따뜻하게 어루만져 주었다.

서울국제도서전이 끝난 다음 주, 홍대입구역 1번 출구를 나와 주택들 사이 자리한 길벗어린이 사옥을 찾았다. 비가 부슬부슬 내리던 여름 오후, 건물 5층의 회의실에서 송지현 편집자를 만났다.

"운명 같았어요."

책 만드는 일을 어떻게 시작하게 되었는지 물었는데, 뜻밖이었다. 본래 송 편집자는 영어 단행본 출판사에서 학습지를 만들었다. 그러던 어느 날, 책의 삽화를 의뢰하고자 방문한 디자인실에서 한 권의 그림책을 만났다. 그의 출판 인생은 송두리째 뒤바뀌었다.

"보림출판사에서 나온 《구두장이 꼬마 요정》(그림 형제 글, 카트린 브란트 그림, 김재혁 옮김, 2001)이었어요. 표지에 작은 아이들의 커다란 빨간 곤두를 만드는 그림이 있었는데, 책 전체가 그림으로 살아 숨 쉬더라고요. 편집 디자이너 님한테 "이런 책은 뭔가요?" 하고 물으니 그림책이라는 거예요. 정말 좋았어요. 그때의 충격은 아직도 잊을 수 없어요."

그동안 책 속 그림은 글을 이해하는 데 도움이 되는 삽화로만 여겼는데, 그 그림 자체가 책을 압도하는 순간이었다. 그 운명적인 순간이 지금까지 그를 25년 동안 그림책 편집자로 살아오게 했다.

첫 결실은 〈국시꼬랭이 동네〉 시리즈(총 20권, 사파리, 2003~2013)였다. 당시 대리 시절 기획한 이 시리즈는 지금까지도 사랑받으며 무려 170만 부 이상 팔렸다. 아이 키우는 집이라면 누구나 필독서로 읽어 주는 우리 문화 창작 그림책이다. 나 또한 우리 아이들에게 읽어 준 기억이 있어 반가운 기색을 내비쳤다. 우리 아이들이 자라는 시간을 함께한 책을 만든 사람과의 인터뷰. 이 또한 얼마나 운명 같은 시간인가. 인터뷰 내내 마음이 즐거웠다.

"처음이라 잘 모르고 기획했는데 대박이 났어요. 그 힘으로 지금까지 버틸 수 있었던 것 같아요."

인터뷰의 시작이 된 그림책 『나의 작은 집』은 원래 김선진 작가의 독립출판물이었다. 독립출판계에서도 사람들에게 입소문이 났던 책이다. 알고 지내는 작가가 송 편집자와 결이 맞을 것 같다며 소개해서 김 작가와 연이 닿았다. 당시는 독립책방이나 독립출판이 지금처럼 사람들의 관심을 많이 받기 전이었는데, 그 책을 읽고 너무 좋아서 다시 만들어 보고 싶었다고 했다. 『나의 작은 집』은 김 작가의 작업실에 머물렀다 떠나간 사람들의 이야기를 그림책으로 만든 것이다. 얇은 책 속에 자신만의 꿈을 꾸며 머물다 떠나가는 사람들의 이야기가 담겨 감동을 주었지만, 사람들의 꿈이 이루어지는 장면이 비어 있었다. 송지현 편집자는 그 '빈자리'에서 이 책의 가능성을 보았다.

"분명 더 많은 이야기를 품을 수 있다고 생각했어요."

그는 작가에게 제안했다. 머무르고 떠나는 사람의 이야기뿐 아니라 꿈을 이루는 과정까지 담아 보자고. '빈자리'를 작가와 함께 채워 나갈 때, 그는 편집자로서 가장 보람을 느긴다고 했다. 그 결과물이 작가와 편집자 모두 만족스러웠던 『나의 작은 집』이었다. 그렇게 완성된 책은 두꺼워진 책의 두께만큼이나 더 단단한 생명력을 얻게 되었다. 그러나 얼마 지나지 않아 출판사와의 계약 문제로 이 책은 절판될 위기에 놓였다. 당시 송 편집자는 그 출판사를 나와 길벗어린이에서 일을 하고 있을 때였는데, 애써 만든 책이 세상에 나오지 못할 위기를 안타까워하며 말했다.

"저는 그때 작가에게 약속했어요. 제가 어디에 있든, 언젠가는 이 책을 다시 세상에 내놓겠다고요."

　그리고, 약속은 지켜졌다. 길벗어린이에서 다시 태어난 『나의 작은 집』은 독자들에게 다시 닿고, 생명의 끈을 이어 갔다. 작가에게 약속하고 책을 지켜 낸 일은 단순한 직무가 아니라 편집자의 애정과 책임의 결과였다. 송지현 편집자는 그 책으로 편집자가 책의 생명을 지켜 낸다는 말의 의미를 증명해 보였다.

　『나의 작은 집』 속 장면들이 떠올랐다. 사진관으로 변한 작은 집. 그 벽에는 아프리카의 풍경 사진이 걸려 있다. 직접 말로 표현하지 않아도 아저씨의 꿈이 담긴 사진이라는 걸 독자들은 알 수 있다. 아저씨는 사진전에서 동네 사람들을 찍은 사진으로 대상을 받고, 꿈을 이루러 아프리카로 떠난다. 그림 하나로 마음에 울림이 남았다. 대놓고 다 말하지 않아도 독자가 발견하게 남겨 두는 것. 송 편집자가 말하는 그림책의 역할이었다.

　실제로 그는 창작 그림책을 기획할 때 시장의 흐름을 좇기보다 책 안에 담긴 이야기의 문학성과 그림의 예술성을 먼저 살핀다. 오래도록 곁에 머무는 친구 같고, 문학적인 문장과 아름다운 그림이 어우러진, 시간이 흘러도 아이들도 어른들도 두고두고 볼 책들을 만들고 싶었다. 이런 보물 같은 그림책을 알아주길 바라는 마음으로 길벗어린이 출판사에서 〈인생그림책〉, 〈두고두고 보고 싶은 그림책〉이라는 시리즈도 기획해 꾸준히 출간 중이다. (『나의 작은 집』은 〈인생그림책〉의 30번째 책이다.)

　그림책에 대한 편집자의 말이 마음 깊은 곳에 닿았다. 그림책을 보면 글자 없이 그림만으로도 마음이 충만했던 순간들, 그림이 주는 위로의 순간들이 있다. 나는 아이들을 낳고 기르며 그림책을 보기 시작했다. 그때만 해도 그림책은 글책을 읽기 전 아이들에게 아름다운 꿈과 상상을 갖게 하고, 책을 읽기 전 단계의 책 정도로 생각했다. 그런데, 아이들에게 책을 읽어 주면서, 글과 글 사이 행간을 살피며 나 또한 책 속에서 아이들과 함께 울고 웃었다. 위로받았다. 그림책을 공부하기 시작했고, 더 많은 아이들에게 그림책의 재미를 알려 주고 싶어 그림책 읽어 주기 활동을 하기까지 이르렀다. 그림책이 가져다준 변화의 힘이었다. 그림책은 나이와 관계없이 마음을 풍요롭게 하고, 꿈꾸게 한다.

　그런데, 편집자는 누구인가. 이쯤에서 '편집자'에 대해 생각해 보지 않을 수 없었다. 책의 서두에도 이름이 오르지 않는 사람. 퇴사하면 내가 만든 책에서조차 이름이 지워지는 사람. 대부분의 독자들은 그들을 알지 못한다. 그러나 역설적이게도 책이라는 생명은 이 보이지 않고 지워지는 사람들의 손길에 의해 지켜지고 살아난다. 송지현 편집자는 대화 중 편집자의 자리를 이렇게 정의했다.

"편집자는 이상한 직업이에요. 빛나지도 않고, 때로는 서운할 일도 많아요. 그렇기에 진심이 없으면 버틸 수 없는 자리인 것 같아요. 책을 만드는 순간에는 정말 주말도 없고, 밤낮도 없이 작가와 붙어 있거든요. 마치 연애하는 것처럼요. 그 뜨거움의 시간이 지나면 끝나지만 그 순간만큼은 불태오릅니다. 책에 대한 진심만은 사라지지 않는다고 믿어요."

이름은 남지 않아도 작가와 함께 불태우는 삶. 좋은 책을 만들기 위해 오늘도 조용히 책상 앞에 앉는 삶. 그것이 편집자의 삶이었다. 지워지는 자리에서 끝까지 남는 건 결국 '지켜 내는 마음'이었던 것이다.

그와 함께 작업했던 고정순 작가는 송 편집자를 '작가의 쓸모를 따지기보다 작가가 어떻게 빛날 수 있을지를 먼저 고민하는 편집자'라고 평했다. 그가 직접 들었던 그 말은 그가 스스로 생각해 온 편집의 자리를 또렷이 비추고 있다. 작가가 자기 빛을 발할 수 있도록 돕고 기다리는 일. 그 마음과 노력이 책의 생명과 독자의 선택으로 이어졌다. 지켜 내는 마음,

그것이 그의 믿음이었다.

　책과 독자를 연결하고 살리려는 마음은 늘 한결같았다. 코로나 시절, 외부로 사람들의 발걸음이 끊겼을 때 일반 책들과 다르게 실물로 보아야 하는 그림책들을 선보일 곳이 없었다. 책과 독자가 만날 수 있는 자리를 고민했고, 선택한 방식은 인스타그램 라이브 방송이었다. 그림책 라이브 방송은 당시에 길벗어린이 출판사에서 최초로 시도한 방식이었다. 낯설고 실험적인 시도였다. 8명의 작가들과 실시간 라이브로 400명이 넘는 독자들과 함께 화면 너머로 호흡하며 책을 둘러싼 대화들을 계속 이어 나갔다. 불안하고 고립된 일상에서 독자와 작가, 그리고 출판사 모두에게 서로 힘을 주는 시간이었다.

　그림책만이 가진 물성 또한 활용하였다. 작가들의 아이디어 노트나 메모, 작업 도구들과 더미북. 책을 만드는 과정을 전시처럼 보여 주어 그림책만의 재미를 독자들에게 전하고 싶었다. 그 가치를 가장 잘 보여 주는 곳이 동네책방이라고 생각했다. 책방지기만의 큐레이션과 취향이 돋보이며, 책을 좋아하는 사람들에게 무사히 다가갈 곳. 송지현 편집자가 동네책방에서 그림책 전시를 하는 이유였다. 우리 동네의 작은 책방들에서도 길벗어린이 출판사의 그림책 전시를 자주 볼 수 있었는데 이런 마음이었다니. 책방 전시를 좋아하는 독자로서 그 이야기를 듣는 동안 마음이 그저 좋았다. 그는 오래전부터 "책의 중심에는 사람이 있다. 그 사람은 작가이고,

독자이며, 그 사이에 서 있는 존재가 편집자"라고 말해 왔다. 그렇기에 독자가 가장 편안히 숨 쉬는 자리인 작은 책방과 긴밀히 협력하며 그림책 전시를 꾸준히 이어 왔다.

그러나 책방을 둘러싼 환경은 늘 순탄하지 않았다. 정부의 지원 예산 삭감으로 작은 모임들조차 유지하기 어려워졌다. 그 모습을 현장에서 실감했던 편집자는 회사를 설득해 오히려 직접 모임비를 지원하며 책방에서 독서 모임이 지속될 수 있도록 힘을 보탰다. 독자와 책이 만나는 그 순간이야말로 출판이 지켜야 할 가치라고 믿었기에 새로운 만남과 연결의 책방을 지켜 내고 싶은 마음이었다.

송지현 편집자의 시도는 독자에게만 머무르지 않았다. 오랜 인연을 맺은 작가들과 함께 성장하는 길도 그의 보람이었다. 함께한 작가와 다시 작업을 하는 경우들이 있나요? 그는 휴대폰을 꺼내며 한 작가의 인스타툰을 보여 주었다. 포푸라기 작가의 그림 속 광선검을 든 요다가 바로 자신이라며 웃어 보였다. 작가와 편집자의 편하고 가까운 관계를 볼 수 있었다. 〈국시꼬랭이 동네〉 시리즈를 만든 후 이직한 프랑스 출판사에서 포푸라기 작가를 처음 만났다. 포푸라기 작가는 작품 준비를 위해 치밀하게 공부했고, 작은 것 하나도 허투루 그리지 않았다. 존경할 만한 깊이 있는 태도. 그의 책을 읽을 때 상상했던 그대로였다. 편집자는 이 무궁무진한 재능을 가진 작가를 믿고, 기다릴 수밖에 없다. 작가는 지금 3년에 걸쳐 청소년을 위한 『열하일기』를 작업하고 있다.

"작가를 믿고 기다려 줄면, 언젠가 성장한 모습으로 다시 돌아옵니다. 그 과정을 함께하는 것이 편집자의 보람이에요."

　　작가의 성장은 곧 출판의 성장이기도 했다. 편집자는 언제나 보이지 않는 자리에서 책과 독자를 잇는다. 이름은 남지 않고 빛나지도 않지만, 그가 지켜 낸 애정과 고집이 책의 생명을 이어 준다. 작은 인연이 책방에서 싹트고, 독서 모임으로 이어지고, 인스타 라이브에서 연결되며, 새로운 시리즈로 확장된다. 작은 씨앗 같은 책이 애정을 담은 손길을 거쳐 결국 숲을 이룬다. 송지현 편집자는 그 곁에서 책에 숨을 불어 넣는 사람이다. 그것이 곧, 편집자의 자리가 지닌 힘 같았다.

　　마지막으로 '끝 책'에 담긴 의미를 물었다. 그는 잠시 생각한 뒤 답했다.

"사실 '끝 책'이라는 말이 처음에는 조금 낯설었어요. 왜냐하면 저는 계속 출판사에서 계속 책을 만들고 있고, 지금 작업하는 책이 끝이라고 말하긴 어렵잖아요. 그런데 곰곰이 생각해 보면, 시작이 있으려면 끝이 있어야 하더라고요. 끝은 종결이 아니라 새로운 시작을 가능하게 하는 자리라는 의미로요. 25년 동안 책을 만들면서 여러 번 큰 흐름의 변화를 경험했어요. 시대가 바뀌고, 편집자의 역할이나 책에 요구되는 것들이 달라질 때마다 어떤 사람들은 그 흐름에 적응하지 못하고, 떨어져 나가기도 했죠. 하지만 끝을 잘 붙잡아야 다음으로 나아갈 수 있다고 생각해요.

끝을 인정하고 정리할 때 비로소 새로운 씨앗이 뿌리 내릴 수 있는 거예요."
로 나아갈 수 있다고 생각해요. 끝을 인정하고 정리할 때 비로소 새로운 씨앗이 뿌리 내릴 수 있는 거예요."

출판 현장에서 그는 끝과 시작이 맞닿는 장면들을 수도 없이 목격했다. 절판 위기 속에서 다시 태어난 『나의 작은 집』, 코로나 시절의 새로운 도전, 믿는 작가와의 긴 여정까지. 끝은 언제나 다음을 향한 준비였고, 끝을 받아들일 때 새로운 출발이 열렸다.

인터뷰를 마치고도 그의 말이 오래도록 마음에 남았다. 편집자는 이름이 지워지는 자리에서 끝내 마음을 지켜 내는 사람이다. 끝을 받아들이는 용기와 다시 시작하려는 의지, 그 모든 과정 속에서 그는 책과 사람, 그리고 믿음을 지켜 왔다. 그것이 송지현 편집자가 말한 '끝 책'의 진정한 의미이자 편집자의 삶이 품은 힘이 아닐까, 생각해 본다.

○

인터뷰이 송지현

25년 동안 창작 그림책을 만들어 온 베테랑 편집자. 보이지 않는 곳에서 묵묵히 작가의 진심을 믿고 기다려 주는, 책이라는 어여쁜 씨앗을 널리 독자의 품으로 옮겨 심는 따뜻한 책의 정원사.

—

만난 때, 곳 2025년 6월 25일 오후 3시, 길벗어린이 사옥 5층 회의실

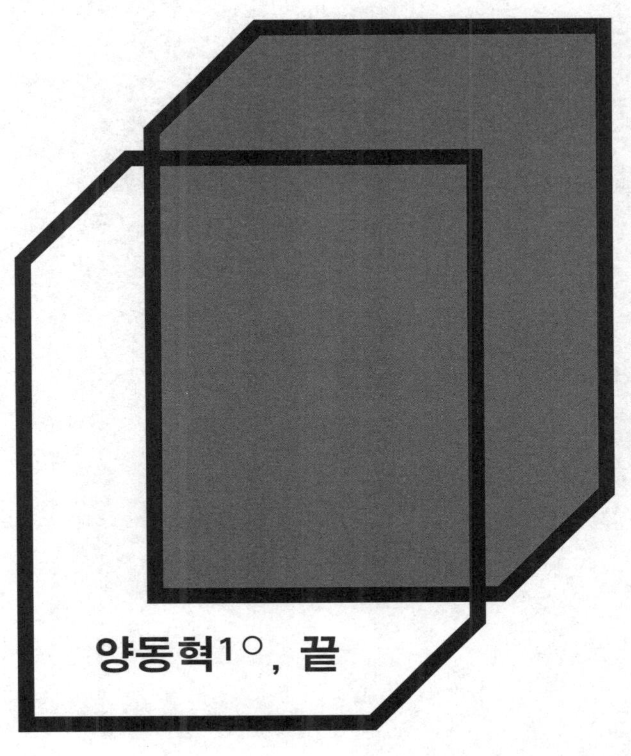

1○

모 출판사에서 회고록·전기 복간 시리즈의 기획과 편집을 맡고 있다. 삶에서 글로, 다시 글에서 삶으로 운동하는 순간에 관심이 있다. 『Ua aʻo ʻia ʻo ia e ia 우아 아오 이아 오 이아 에 이아』(김성환, 나선프레스, 2025)를 읽고 있다.

내가 없을 집을 짓기

편집자의 끝과 시작

편집자가 없으면 책은 만들어지지 않는다. 진로를 새로 찾아야 했던 시기에 출판편집자를 설명하는 문장에 자주 걸려 넘어지곤 했고, 이 말은 마음 깊숙이 박혔다. 출판사에 입사하고 얼마 지나지 않아 이 말의 진의를 깨달을 수 있었다. 쌀(米) 한 톨에 88(八十八)번의 농부의 손길이 필요하듯 책 한 권이 나오려면 원고에 편집자의 손길이 닿고 또 닿아야 했다. 원고라는 씨앗의 싹을 틔우는 걸 넘어, 씨앗 자체의 배태 또한 편집자의 일이라는 점을 의식하자 저 말의 의미가 한결 선명해졌다. 책 만드는 사람. 처음부터 끝까지 책의 탄생 과정을 곁에서 지키는 사람. 처음엔 별생각 없이 발을 들였으나 알아 갈수록 멋진 세계여서 편집자라는 직업이 점점 좋아졌다. 이 일을 오래 해도 괜찮을 것 같다는 생각이 들 정도였으니 말이다.

그런데 얼마 지나지 않아 내게 허락된 시간이 그리 많지 않을 수도 있다는 소식이 풍문으로 들려오기 시작했다. 출판 편집자의 정년은 45세로 불혹과 지천명 사이이며, 다른 직업에 비해 상대적으로 빠른 편이라고 한다. 급격한 변화의 주기가 점점 짧아지고 있는 듯한 사회에서 당장 내일도 어떻게 될지 알 수 없다는 감각과 별개로 막연하게 끝이 그리 멀리 있지 않다는 생각이 마음을 조급하게 했다. 주변을 살펴보니 정년을 앞둔 출판편집자는 네 갈래 정도의 갈림길에 놓이는 듯했다. 관리자, 1인 출판사 창업, 외주 교정·교열 편집자, 그리고 전직. 단순화의 위험을 무릅쓰고 추측해 보면 1인 출판사는 만들고 싶은 책이 더 중요한 사람이, 외주 교정·교열 편집자는 활자의 세계에 머무는 것, 책을 만드는 일 자체가 중요한 사람이 택하지 않을까 싶었다. 아직 나는 어느 쪽인지 알지 못하지만 꼭 만들고 싶은 책이 있어 1인 출판사를 연 이들의 이야기가 항상 궁금했다. 펴낸이의 머릿속과 마음속에 잠깐이나마 들어가 볼 수 있다고 했을 때, 가장 먼저 떠오른 곳은 여기였다. 수상하게 아름다운 책을 만드는 곳, 나선.

　　나선(螺線)은 물체의 겉모양이 소라 껍데기처럼 빙빙 비틀린 것이자, 수학에서 평면 위에 있어서의 소용돌이 모양의 곡선을 의미한다. 나선 운동은 2차원에서 제자리를 맴도는 것처럼 보이지만 매번 돌아오면서도 축 방향으로 조금씩 전진(혹은 후진)하기 때문에 정확히 같은 자리로 돌아오진 않는다. 반복되는 것처럼 보이지만 그 속에 변화의 운동성을 내포하고 있기 때문에 역사는 나선형을 그리며 진보한다고 이야기되기도 한다. '책을 너무 좋아해서, 책 때문에 거북목이 된 사람들을 위한 브랜드' 터틀넥프레스나 출판사가 자리한 옥천에 포도 농가가 많아서 이름도 포도밭으로 지은 포도밭출판사처럼 출판사의 이름이 강력한 연상 작용을 불러일으켜 책에 대한 궁금증을 자아낼 때가 있는데, 내게는 나선프레스가 그랬다. 왜 나선일까. 답은 가까운 곳에 있는 듯했다. 나선은 출판사에서 도서관으로, 도서관에서 학교로 확장하며 운동하고 있었다. 나선프레스의 대표, 나선도서관의 관장, 나선학교의 교장, 그러니까 이 나선 운동을 촉발한 이에게 묻고 싶어졌다. 어디에서 왔고 어디로 가고 있는지를.

어린이 예술서라는 세계

한국예술종합학교에서 미술이론을 전공한 이한범은 영화평론가 유운성의 수업을 계기로 영상예술비평지 『오큘로』의 필자이자 편집자로 참여하게 되면서 미디어버스에서 편집 일을 시작했다. 2016년부터 2018년까지 몸담았던 미디어버스를 떠난 후에 프리랜서로 지내던 그에게 얼마 못 가 한계가 찾아왔다. 이렇게 가서는 3년도 못 가서 나가떨어지겠구나 하는 위기감이 엄습했다. 변화의 기로에 선 그는 이럴 바에는 차라리 빨리 시작해야겠다는 생각으로 2019년 출판사를 만들었다. 미디어버스에서부터 만들고 싶은 책이 있었기 때문이다.

2019년 10월 8일부터 2020년 3월 10일까지 서울시립 북서울미술관 어린이갤러리에서 진행되는 강서경 작가의 전시 〈사각 생각 삼각〉과 함께 만들어졌다. 동시대 미술의 가치를 보다 정확한 언어로 설명하고 이야기의 힘을 따라나서는 나선프레스의 첫 출판물이다. 이 책은 전통과 사회 속 개인의 가능성을 믿으며 회화의 개념을 확장시키는 강서경 작가의 예술 세계를 어린이 시민들과 함께 즐기기 위해 쓰였다.

이 글은 나선프레스의 첫 책 『사각 생각 삼각』(김정현·박솔뫼·유민경·이한범·장혜정 지음, 강서경 그림, 서울시립미술관·나선프레스, 2019)의 책 소개문이다. 미술비평가이기도 한 그가 미술 전시와 연계하여 책을 만들었다는 사실은 자연스러워 보인다. 그런데 그냥 미술서가 아니라, 어린이 '시민'과 함께 즐기기 위해 쓰인 '어린이 미술서'라는 점이 눈길을 끈다. 『사각 생각 삼각』의 ISBN 부가기호는 77600이다. 부가기호는 독자 대상 기호, 발행 형태 기호, 내용 분류 기호를 나타낸 숫자로, 이를 통해 펴낸이가 의도한 책의 독자, 발행 형태, 내용을 파악할 수 있다. 77600은 아동 독자를 대상으로 한 그림책 형태의 예술 분야의 책을 나타낸다. 『모닝빵』(이상우 글, 김지환·민성식 그림, 2023)은 73810으로 아동 독자 대상의 한국문학 분야의 단행본이며, 『하바 이야기』(최성윤 지음, 강예빈 그림, 2024)는 77810으로 아동을 독자로 삼은 한국문학 분야의 그림책이다. 부가기호 첫 번째 자리 7은 나선프레스의 책이 이 어린이 시민을 향한 자리를 마련해 놓고 있음을 나타낸다. 『어떤 계약』(최진규·한윤아·김민희·김영글·이한범, 어떤출판연구회, 2022)에 실린 「어떤 책을 위한 설계도」에서 그는 "언젠가부터 내심 꼭 해 보고 싶은 일이 생기게 되었는데, 바로 어린이들도 보는 책을 만드는 것이었다"고 고백한 바 있다. 그 마음은 지금도 여전했다.

"저한테 나선프레스의 첫 씨앗은 어린이 예술서를 만들고 싶다는 거였어요. 그냥 단순하게 그걸 만들고 싶은 거예요. 근데 그때도 괜찮겠지만 왜 어린이책을 만들고 싶어 하는지 이해를 못 하겠는데, 아마 저의 독서 경험 때문이었을 것 같아요. 어릴 때 어린이로서 봤던 책들이 저에게 여전히 크게 남아 있는 거죠. 어린이책이 너무 좋은 거예요. 어린이를 위해서 만들어진 책이."

어린이책이 너무 좋다고 말하며 웃는 한범 씨에게서 소년이 보였다. 어린 시절, 시골에서 흘러가는 구름을 하염없이 지켜보는 걸 좋아했던 소년은 몸은 커졌지만 그대로 남아 있었다. 자기 안의 소년을 잘 간직한 어른이었다. 몸은 어린이지만 외부 압력으로 인해 빨리 나이를 먹어 어린이 같지 않은 애어른을 볼 때면 어린이에게도 어린이책이 필요하다는 생각이 들 때가 있다. 어린이를 특정한 나이대의 사람을 지칭하는 범주가 아니라 어떤 상태라고 본다면 어린이로서 더 존재하거나 덜 존재하는 강도의 차이가 있을지언정 누구나 어린이가 될 수 있다. 『하바 이야기』의 알라딘 100자평에는 이런 글이 달려 있다. "자연스레 흘러가는 문장들을 한 자 한 자 곱씹다 보면 비로소 우리는 어린이가 됩니다." 모든 어른은 한때 어린이였다. 구름이 한때 물방울이었던 것처럼. 누구나 한 번쯤 흘러가는 구름을 하염없이 바라보며 '꿈꿀 권리'를 포기하지 않았던 시절이 있다.

그렇지만 오늘날 이런 기쁨이야말로 진정한 의미의 사치일지 모른다. 오늘날 어린이든 어른이든 어린이로서 존재하기가 점점 힘들어진다는 인상을 받을 때가 있다. 자본주의 사회의 컨베이어벨트 위에 떠다니는 말풍선에는 생산, 효율, 성과 같은 단어들이 담겨 있고, 그 사회적 압력은 마음 놓고 뛰어노는 게 미덕으로 여겨지는 어린 시절까지 점점 더 잠식하는 모양새다. 어린이든 어른이든 누군가가 어린이로서 존재하기 힘든 환경이라면, 그러니까 한 사회가 어린이에게 친화적이지 않을수록 그곳은 모두에게 친절하지 않을 가능성이 높다.

장애학에서 이와 비슷한 논의를 접할 수 있다. 한번은 동물권과 장애학에 관심이 많은 편집자 친구가 이런 말을 한 적이 있다. 노들야학[1]에 가면 몸과 마음이 편하다고. 일상에서 사회의 속도에 맞춰 가다 보면 알게 모르게 버거운 순간이 찾아오곤 했는데 노들에서는 있는 그대로의 몸으로 존재하기가 한결 수월하다고 했다. 장애인도 살기 편한 사회가 되면 모두가 살기 편해질 거란 말의 진의를 조금 더 알 것 같은 기분이 들었다.

------

[1]

노들장애인야학. 1993년에 설립된 성인 장애인들을 위한 학교다. '노들'은 '노란 들판'의 줄임말로, '농부의 노동이 녹아난 들판에 넘실대는 결실들'을 뜻한다.

장애인과 어린이 모두 기성 제도와 언어의 바깥에 있는 존재였다. 한범 씨가 어린이를 동료 시민으로 바라보는 데 김원영 작가의 「낭만적 예찬을 넘어서: 이미지 시대의 아동을 생각하다」(『창비어린이』 2019년 봄호에 수록)가 큰 영향을 주었다는 사실이 단순한 우연처럼 보이지 않았다. 비장애인의 몸을 '정상'으로 치부하는 에이블리즘(ableism)과 성인의 몸을 표준으로 삼으며 어린이를 결핍된 존재로 간주하는 인식은 모두 몸에 대한 위계적 사고방식과 능력주의를 기저에 깔고 있다. 이런 차별적 인식하에서 어린이는 그 자체로 온전한 존재가 아닌 아직 완성되지 않은, 그러니까 결여되고 결핍된 존재로 간주하는 사회에서는 어린이는 어른의 부정으로 표상된다. 반대로 어린이를 어른과 동등한 동료 시민으로 대우하고 있는 사회의 관점에서 본다면 진정한 결핍의 주체는 어린이가 아닌 어린이에 대한 상상력과 감수성이 부족한 사회일 것이다. 그런 면에서 어린이는 다분히 정치적인 존재다. 어린이는 한 사회의 취약성을 가장 잘 드러내는 약한 고리 중 하나이기에 공동체의 상상력과 감수성이 어디까지 와 있는지를 보여 준다.

나에게 나선프레스의 책은 어린이'용' 책처럼 느껴지지는 않았다. 그렇다고 어른을 위한 동화나 그림책이란 수식어가 붙은 책과도 또 달랐다. 한범 씨가 생각하는 어린이 독자는 누구인지, 어린이 독자도 읽을 수 있는 책을 만들고 싶은 마음이 어디에서 온 건지 궁금했다.

어린이들이 어떤 예술 작품의 한 특성을 이해하고 새로운 앎을 얻어 세계를 다르게 볼 수 있게 된다면 그게 성공적인 비평이라고 할 수 있지 않을까, 이런 생각을 겁 없이 했다. 그래서 나선프레스라는 출판사의 정체성을 어린이책, 예술책을 만드는 게 아니라 어린이 독자나 청소년 독자가 능동적으로 세계에 다가갈 수 있게 도와주는 책을 만드는 곳으로 설정했다.[2]

이 어린이 독자의 지평은 그가 몸담고 있는 미술계에서 사용되는 언어의 폐쇄성에 대한 비판적인 인식에서 촉발되었다. 미술계라고 하는 제도의 언어가 누군가를 배제하고 있다는 인상을 지울 수 없었고, 어느 순간 자신의 글도 굉장히 한정된 사람들만 볼 수 있는 언어로 쓰인 '이상한' 글임을 이해하게 된 것이다. 글쓰기가 독자에게 말을 거는 행위라고 했을 때, 글쓰기의 변화는 독자에 대한 상상의 전환을 동반한다. 그에게 제도의 언어 바깥에서 끝단에 있다고 상상된 존재가 어린이였다. 그리고 여기서 말하는 어린이는 구체적인 한 명 한 명의 어린이라기보다 제도의 언어 바깥에 있는 존재들에 대한 심사에 가깝다고 했다. 공고하게 구축된 기성의 제도

---

[2]
「오늘날 미술출판에서 편집이란 무엇인가」, 『오늘의 예술출판에 관한 대화』,
어떤출판연구회, 2021, 42쪽.

와 언어 질서하에서 누군가를 배제하지 않으면서, 어떤 예술 작품의 좋음이 어떤 좋음인지 설명할 수 있는 비평의 언어를 벼리고, 이 좋음을 책이라는 사물을 통해 공유하고자 하는 정신이 어린이 예술서라는 이름에 깃들어 있었다. 이게 왜 어린이라는 이름으로 자꾸 맴돌고 있는지 모른 채, 그 불가해함 속에서 알 수 없는 이끌림을 따라 더듬더듬 나아가고 있었다.

"저에게는 잠재적인 사람들이 훨씬 중요해요. 왜냐하면 제가 지금 당대의 사회를 바꾸고 싶고 좀 다른 제안들을 하고 싶다면 출판사가 아니라 열심히 현실 정치나 운동을 했을 것 같아요. 그런데 이제 제가 하고 있는 활동들은 즉각적으로 사회에 영향을 주는 작업은 아니라고 생각하거든요. 글을 쓰는 것도 마찬가지고요. 아주 멀리 혹은 아주 한참 뒤에 누군가에게 닿을 것들을 만드는데 그 시간성을 생각하면 저한테 독자는 너무 당연하게 어린이였던 것 같아요."

　　20세기의 가장 중요한 독일어권 시인 중 한 명으로 손꼽히는 파울 첼란은 시를 '유리병 편지'에 빗대어 설명한 바 있다. 유리병에 담긴 편지는 수신인이 특정되어 있지 않으며, 수신 여부조차 불확실한 상황 속에서 미래의 익명의 독자에게 건네진다. 어떤 글은 동시대 독자들에게 독해되기를 거부한다. 당대의 동시대인들에게 이해되지 못할지언정 그 유리병 편지를 미래로 보내는 건 희망이 존재하기 때문이다. 아니 정확히 말하면 그렇게 유리병 편지를 보냄으로써 희망이 탄생해서다. 나선프레스의 유리병 편지들은 독자들에게 잘 전달되고 있을까? 당대의 같은 시간과 조금 어긋난 시간을 살고 있는 '비동시적' 독자들에게, 또 모든 어린이에게.

　모든 것이 콘텐츠라는 이름으로 뒤섞여 결코 평평하지 않은 운동장에서 경쟁하는 가속의 시대에 유리병 편지의 운명은 위태로워 보였다. 그리고 이는 비단 나선프레스에만 국한된 문제는 아니었다. 2023년 문화체육관광부에서 실시한 국민 독서 실태조사에 따르면, 1년에 단행본을 단 한 권이라도 읽은 사람의 비율을 뜻하는 종합 독서율은 43.0%에 불과하다. 매년 '단군 이래 최대 불황'이라는 표현이 거의 밈처럼 사용되는 출판계라고 하지만, 독자라는 종의 소멸이 가속화되는 듯한 현상은 전혀 다른 무게로 다가왔다. 어떻게 잘 팔것인가 하는 과제에 나선프레스는 어떤 답을 갖고 있을지 궁금했다. 그런데 한범 씨는 전혀 예상 밖의 이야기를 들려주었다.

시끄러운 도서관

　출판사에서 운영하는 도서관이 있다? 북카페를 운영하는 출판사는 여럿 있지만, 도서관을 운영하는 출판사가 있다는 소식은 들어 본 적이 없다. 출판사는 만든 책을 팔아야 운영이 되는 곳이기에 이는 매우 자연스러워 보인다. 독자들이 책을 도서관에서 빌려 읽기만 한다면 출판사들은 유지되기 힘들 것이다. 그렇지만 도서관에 부정적인 입장을 표명하는 출판사가 있다는 소식 또한 지금껏 한 번도 접해 본 적이 없다. 이는 무엇보다 도서관이 책을 읽는 공간이기 때문이라고 생각한다. 책의 집이자 읽기의 집인 도서관에서 독자가 태어나고, 자라고, 나이 든다. 이곳에서 읽는 능력이 배양되고, 실제 독자들과의 마주침이 이뤄지며, 전시·강연·공연 등 책을 매개로 한 다양한 문화 행사가 기획된다. 공공재로서 책의 성격이 극명하게 드러나는 곳이 도서관이다. 이렇게 책 생태계에 필수적이지만 수익을 낼 수 없는 구조이기에 국가가 전담하고 있다시피 한 도서관을 1인 출판사에서 만들게 된 사연에 대해 들어 보지 않을 수 없었다.

"처음에 저는 책만 잘 만들면 되는 줄 알았어요. 기획을 잘해서 좋은 책을 만들면 모든 게 다 해결되는 줄 알았어요. 그래서 저의 출격 활동은 책을 정말 잘 만들어야 한다. 그리고 어떤 분명한 이념과 기획 방향성을 가지고 그 라인업을 잘 만들고, 한 권 한 권의 강렬함이 있도록 하면 된다고 생각했어요. 책을 잘 만든다는 면에서는 잘 만들었다고 생각해요. 후회는 없어. 근데 이 결과물에 대해서 어떤 느낌이 생겼냐면 이 책이 사회에서 안 흘러간다는 느낌이 드는 거예요. 여건 잘 팔리는 거랑 좀 다른 의미인데요. 당연히 제가 책을 잘 못 팔아요(웃음). 아 출판 창업의 문법이나 흐름을 안 예 몰라서 그건 때문에 책을 잘 못 파는 사람이 맞긴 해요. 근데요 그런 종류의 느낌이 아 달라. 이 책이 사회에서 (물과) 기름처럼 걸돌는 느낌이 드는 거죠. 내가 만들어 낸 것들이 흡수가 안 되고, 그냥 쑥 미끄러져서 엇던 기록 사라지는 느낌. 뭔가 작동을 한다는 느낌이 안 드는 거죠. 안 팔리는 걸 그럴 줄 알았다고 생각해요.

"뭔가 작동을 한다는 느낌이 안 드는 거죠. 안 팔리는 건 그럴 수 있다고 생각해요. 근데 이 작동을 안 한다는 거는 좀 뭔가 문제가 있는 건데 하다가 왜 그럴까에 대해서 한참 생각을 많이 했던 것 같아요."

고심 끝에 그가 도달한 결론은 읽기 문화의 부재였다. 나선이 만든 책을 읽는 문화가 없다는 것이다. 책은 겉으로 침묵하고 있는 것처럼 보여도 실은 음악적인 요소를 풍부하게 포함하고 있다. 독서를 시작하면 머릿속에서 텍스트의 공명이 이뤄져서 연주라 불러도 무방할 음향적 효과를 발생시킨다. 어떤 책은 '라르고(Largo)', 아주 느리게 읽어야 비로소 읽히기 시작하고, '페이지터너(page-turner)'라 불리는 책은 한 자 한 자 꼭꼭 곱씹기보다는 휘리릭 빠르게 읽었을 때, 재미가 배가된다. 클래식 음악 같은 책은 정숙하게 텍스트를 음미했을 때, 아름다움이 고스란히 전해지고, 재즈 같은 책이라면 좀 더 이완된 상태에서 텍스트가 펼쳐 보이는 자유분방한 대화에 능동적으로 참여했을 때, 비로소 '스윙'할 수 있다. 그런데 클래식 음악은 전문적으로 설계된 공연장에서 최고의 소리를 내고, 재즈는 클럽 공연에서 비로소 발휘되는 진가가 있다. 공연장에서 듣기 문화가 조성된다. 아니 공연장이 듣기 문화를 조성한다. 이처럼 문화가 장소를 매개로 꽃핀다고 했을 때, 읽기 문화의 부재라는 진단은 읽기의 집을 짓는 처방으로 이어진다.

2023년 개관한 나선도서관은 나선이 만든 책이 읽힐 수 있는 문화를 조성하기 위해 마련된 장소다. 나선도서관의 1번 책은 루이스 부르주아(Louise Bourgeois)의 *Louise Bourgeois: Spiral*(Damiani, 2019)인데, 준비 기간 동안 이 책 한 권만 서가에 놓고 한 달 동안 이 공간을 어떻게 구성해야 할지 구상하는 시간을 가졌다. 그렇게 1번 *Louise Bourgeois: Spiral*부터 2025년 10월 현재 1151번 『소리의 재발견: 소리 풍경의 사상과 실천』(토리고에 게이코, 한명호 옮김, 그물코, 2015)까지 책들을 관통하는 키워드가 '강렬함'(intensity)임을, 조효원의 『다음 책: 읽을 수 없는 시간들 사이에서』(문학과지성사, 2014)에서 힌트를 얻어 최근에 깨달았다. '강렬함'이 무엇인지에 대해 규명하는 일이 남아 있긴 하지만, 이 키워드가 무의식을 건드렸는지 그는 강렬함에 대해 자꾸 생각하고 있다. '문제는 강렬함이다. 이제 우리에게는 강렬함의 책이 필요하다.' 그리고 강렬한 책을 읽히게 하기 위해 시끄러운 도서관이 필요하다. 그는 「시끄러운 도서관」[30]에서 "시끄러움은 붙잡히지 않는 것들, 우리가 가늠할 수 없고 또 통제할 수 없는 구체적인 것들이 들끓고 요동치는 일인데, 신비는 아마 그 운동이 무언가를 해내는 순간일 것이다"라고 예술의 신비스러운 순간을 포착한 바 있다. 시끄러운 도서관은 이 알 수

---

[30]
http://leehanbum.com/writing/noisy-library

없는 구체적인 것들이 좀 더 잘 들끓고 요동칠 수 있는 토양을 조성한다. 강렬한 책들로 채워진 서가를 독자를 향해 열어 놓고, '시끄럽게 읽어야만 읽히는 것이 있습니다. 이 도서관에서 읽기란 시끄러움입니다' 하고 시끄러운 읽기를 제안한다.

그런데 시끄러운 읽기란 무엇일까. 「어떤 책을 위한 설계도」에서 힌트가 될 만한 대목을 발견할 수 있었다. 프랑스의 사회학자 로제 카유아(Roger Caillois)는 놀이를 아곤(Agon), 알레아(Alea), 미미크리(Mimicry), 일링크스(Ilinx) 네 가지 유형으로 분류한다. 여기서 일링크스는 그리스어로 소용돌이를 뜻하는데, 카유아는 이를 "회전이나 낙하 등의 빠른 운동을 통해 자신의 내부에 기관의 혼란과 착란의 상태를 일으키는 놀이"[4]라고 설명한다. 어지러운 읽기 경험은 시끄러운 읽기와 맞닿아 있을 듯했다. 이 어지러움과 시끄러움은 어떤 방법을 거쳐 도달할 수 있는 기술적 차원의 경험은 아닐 것이다. 어떤 책이 내부의 기관에 혼란과 착란의 상태를 일으켜 몸이 들끓고 요동치고 시끄러워졌을 때, 그러니까 이질적인 생각과 감정이 침투하여 기존의 사고방식과 감수성과 부딪혀 강렬한 반응을 일으켰을 때, 종종 읽기 전의

---

[4]
로제 카유아, 『놀이와 인간: 가면과 현기증』, 이상률 옮김, 문예출판사, 2018, 38쪽.
「어떤 책을 위한 설계도」에서 재인용.

'나'로 되돌아갈 수 없게 된다.

어떤 독자에게는 조용한 책, 가만한 책이 그런 변화를 낳을 것이다. 침묵에서 가장 아름다운 소리를 듣고, 정지 상태에서 가장 강렬한 운동을 경험하는 이라면 고요한 수면, 단단한 돌, 영원 같은 순간을 닮은 책을 찾아 헤맬 것이다. 저마다 본능적으로 이끌리는 운동이 있고, 움직이는 것에 미학적인 아름다움을 느끼고 매혹되는 한범 씨에게 이 운동은 나선의 이미지로 포착됐다. 시끄러움과 조용함, 어지러움과 가만함 등 미학적 가치들 간에 우열은 없을 것이다. 그런데 이 미학적 가치들은 개인적 취향의 차원에 국한되지 않고, 현실의 결핍과도 연결되어 있다. '아는 맛'으로 대변되는 익숙한 내용과 형식의 콘텐츠가 재생산을 거듭하는 상황이라면, 이 사회에는 시끄러운 책이 필요하다. 읽기 전의 '나'와 읽은 후의 '나'가 변함없이 유지되는 안전한 읽기 끝에 설명하기 힘든 헛헛함을 느꼈다면, 어지러운 읽기 경험을 선사해 줄 책과 만나야 한다. 주제와 분야 중심의 기존 분류 체계를 넘어, 책들을 관통하고 있는 힘을 적극적으로 해석하고, 다른 읽기를 제안하는 나선도서관이 참 귀한 곳으로 나에게 다가왔다.

"한편으로 여기는 미술 공간이라고 저는 생각하거든요. 근데 작품이나 전시는 아무것도 없잖아요. 단지 여기서 아무것도 생산하지 말고 생각을 하게끔 하려고 한 거죠. 저한테 도서관이 가진 좋음은 생산의 요구와는 아무 관련이 없다는 것이지 때문에, 여기서는 정말 무용하게 시간을 보내면 되고, 성과를 낼 필요도 없고, 뭔가를 할 필요가 없는 거예요.

정당 칼만하 앉아 있없도, 뭐고. 그래서 도서관을 몇 평 안 되지만, 이 사회 안에서 그런 생각을 하기 위한 공간으로서 사회적 위치를 만들려는 노력이 되게 컸어요."

서점지기의 가치 지향이나 운영 방식과 무관하게 오늘날 서점이 강력한 소비주의와 결부되어 있고, 미술 공간이 전시 기능에만 치중되어 사유의 처소로 기능하지 못하고 있는 현실에서 나선도서관은 강력한 정치성을 띤 장소가 될 수 있다. 생산의 강박, 성과의 요구, 소비의 명령으로부터 벗어나 "자기 이외의 모든 장소들에 맞서서, 어떤 의미로는 그것들을 지우고 중화시키고 혹은 정화시키기 위해 마련된"[5] 헤테로토피아.

책을 좋아하는 친구를 만나면 종종 이런 주제로 이야기를 나누곤 한다. 서점이 좋아, 도서관이 좋아? 대체로 승자는 서점이었다. 서점이 전시실이라면, 도서관은 수장고였다. 서점이 서점지기의 특색 있는 주관이 짙게 반영된 잡지 같은 공간이라면, 도서관은 특정 취향이 돌출되지 않도록 잘 다듬어진 교과서 같은 공간이었다. 내게 도서관은 필요에 의해 방문하는 공간으로 변모한 지 오래다. '저장 공간 부족'의 부동

---

[5] 미셸 푸코, 『헤테로토피아』(2판), 이상길 옮김, 문학과지성사, 2023, 13쪽.

산 문제를 완충해 주는 물리적 외장하드이자, 소장 욕구를 불러일으키지 않는 책과 만날 수 있는 창구. 일반적으로도 도서관이 '독서실', 그러니까 시민들의 '공부방'이 되면서 필요한 책을 대출·반납하는 정거장으로 자리매김한 모양새다. 그런데 나선도서관은 필요에 구애받지 않고 놀러 가고 싶은 놀이터 같은 장소였고, 언젠가 나도 이런 도서관을 만들고 싶다는 꿈을 꾸게 만드는 근사한 곳이었다. 사유의 거래를 넘어 사유의 증여를 도모하고 '기술적 재생산물의 마술적 가능성'(「시끄러운 도서관」)을 믿는 실험실의 도전을 응원하게 되었다.

주 3회 문을 여는 나선도서관의 지속 가능한 운영을 위해 한범 씨는 하루를 도서관을 관리하는 데 필요한 노동을 하고 있다. 수익을 창출할 수 있는 창구가 없는, 말 그대로 '돈 안 되는' 도서관 운영의 어려움을 가늠하기 쉽지 않았다. 단골손님이 가게를 인수하여 사장이 되었다는 일화처럼 나중에 나선도서관의 '열심회원', 나선의 친구들이 협동조합 형태로 도서관을 공동 운영하는 상상을 해 본다.

오로지 생각만을 하기 위한 장소

도서관을 짓고 1년, 나선 우주에는 하나의 소우주가 더 만들어진다. 나선학교. 나선학교는 나선도서관이 만든 프로그램으로, '2024-2025 사고실험학교'가 운영된 바 있다. 수업 제목의 면면을 살펴보면 다음과 같다. 극작가 김연재의 '미래

희곡 운동장', 사진비평가·기계비평가 이영준의 '관음(觀音): 사물의 목소리 보기', 시인·편집자 김뉘연과 예술가 로 위에의 '악보(Text Score) 만들기: 읽기, 쓰기, 다시 쓰기, 다시 읽기', 사진 작업을 주로 하는 현대미술 작가 김익현의 '사진술', 사회과학자·계량경제학자 한석진의 '사고실험 방법론: 논리적 상상이 가 닿는 세계', 스스로 직업을 지칭할 일이 있으면 '조각가'라고 답하는 현대미술 작가 정서영의 '대화', 그리고 이한범의 '음향 고고학과 소리에 관한 편지'. 그러니까 이 학교는 보기·듣기·읽기·쓰기·생각하기를 가르치는 곳처럼 보였다. 예술 창작, 아니 어쩌면 그 이전의 '만들기'의 본질적인 역량을 키우는 데 초점을 맞추고 있는 듯했다. 보통 출판사에서 자사의 신간 홍보를 위해 북콘서트·저자 강연·낭독회 등의 프로그램을 기획하는 일은 흔해도, 이렇게 독자적으로 운영되는 '학교'는 흔치 않았다. 기존에 나선도서관에서 영상 상영·강연·공연·읽기·글쓰기 등 다양한 프로그램이 운영되어 왔는데, 학교라는 새로운 진지를 구축하게 된 사정을 자세히 듣고 싶었다. 어쩌다 한범 씨는 학교까지 만들게 되었을까. 그의 대답을 한마디로 요약하자면 이랬다. 이건 시급하게 필요한 일이었다.

나선학교의 개교사(開敎辭)이자 일종의 선언문이라 할 수 있는 「학교를 열며」[6]는 이런 화두를 던지고 있다.

"우리'는 지금껏 세상이나 세상에 대한 경험을 변화시킬 본연의 역량을 천천히, 그리고 철저히 외부의 기술 장치들에 위양해 왔다.

사물과 세계를 변형시키는 과정, 픽션의 세계에 참여하고 협력하는 일을 바로 그만큼 서점히 망각해 간다. 사고실험학교는 바로 이런 닫혀 가는 세계에 대한 반응이자 앎의 점진적이고 전면적인 재구성에 대한 요청이다."이자 앎의 점진적이고 전면적인 재구성에 대한 요청이다."

　　'세상이나 세상에 대한 경험을 변화시키는 일의 역량'은 사고 능력과 직결될 텐데, 예술의 생산과 향유에 참여하는 이들 모두가 이런 역량을 잃어 가고 있다면 너무 비관적인 전망일까. 한범 씨는 '현대적인 미술'은 생각하고 대화하는 행위를 포함하지 않고서는 성립되지 않으며, 작품이 곧 미술을 의미하지 않는다고 설명했다. 그런데 전시 공간이 근 몇 년간 우후죽순으로 늘어나 전시는 경쟁적으로 양산되고 있는 반면, 작품과 전시에 대해 생각하고 대화하는 시간과 공간을 확보하기는 점점 어려워지고 있는 형국이다. 이는 비단 미술계에 국한된 이야기는 아닐 것이다. 나선도서관 역시 장소만으로는 사회에 흡수되어 흐름을 만들어 내는 데 역부족이었다. 나선의 책이 책 자체의 문제가 아닌 읽기 문화의 부재라는 맥락에서 올바르게 진단할 수 있는 문제였듯이 대항 공간으로서 도서관의 활성화는 이를 추동할 주체의 실천적 역량과 맞닿아 있는 사안이었다. 출판사 경영이라는 물질적인 문제와 예술의 근본적인 역능의 상실이라는 추상적인 문제는 이렇게 이어져 있었다. 출판사에서 도서관, 도서관에서 학교로 이어지는 운동을 추동하는 내적 원리가 문제 인식과 해결책 도출의 구조를 띤, 매우 자연스러운 논리적 귀결로 보이다가도 이 모든 걸 혼자서 주도하는 게 과연 가능한 일인가 싶었다.

"어느 순간 감당이 안 되는 걸 찍어 물었어요. 제가 작년에 좀 고장이 많이 났어요. 그리고 한계도 많이 느껴서. 어떤 배움이 있었냐면 이제 뭔 혼자 뭐 하는 일의 범주까지 왔다. 그러니까 출판은 혼자 할 수 있거든요. 근데 어떤 문제들은 절대 혼자서 못한다는 걸 많이 배웠어요. 그러면서 제가 가진 습성이 타인한테 도움을 구하는 걸, 도와줘, 말하는 걸 못하더라고요. 다 혼자서 감당하는 거에 익숙해져 있다 보니까 도움을 받지 못하고. 도움을 받는 것도 엄청 큰 능력이라는 걸 최근에 깨달았어요. 그래서 요새 도와 달라 말하는 연습을 엄청 하고 있습니다. 근데 왜 일찍이 그 능력이 필요하다는 걸 몰랐을까. 어릴 때는 혼자서 다 하는 게 능력이라고 생각했던 것 같아요. 그게 아주 어리석은 생각이라는 걸 뒤늦게 깨닫고 있죠."

출판은 협업 없이는 성립되지 않는다. 책은 철저한 협업 관계의 산물이다. 설사 한 편집자가 편집·디자인·마케팅을 전부 해내는 '올라운더'일지라도 저자나 번역가 없이는 책이 나올 수 없다. 책이라는 사물이 실제로 만들어지기 위해 인쇄·제본 등의 제작 과정을 거쳐야 함을 상기하면 혼자 만들 수 있는 책은 없다고 봐도 무방하다. 예비 편집자를 대상으로 한 강의에서 신새벽 편집자는 '편집은 대화다'라는 편집 철학을 피력한 적이 있다. 저자의 글을 공통적인 것으로 변모시키는 데 최초의 독자인 편집자와의 대화는 필수적이다. 타자에게 말을 걸고, 타자의 말을 듣는 대화의 과정에서 원고는 미지의 타자들에게 가닿을 수 있는 공통 언어의 책으로 번역된다. 여러 사람이 더 좋은 사물을 만들어 내기 위해 대화에 기꺼이 참여한다. 사유의 역량을 회복해야 한다는 요청에 화답한 이들이 있었기에 사고실험학교의 실험이 감행될 수 있었듯, 교육도 출판도 연결과 대화의 기술이 핵심인지도 모르겠다.

모든 걸 묵묵히 감당하는 한범 씨가 그동안 만들었던 책보다, 이제 막 배우기 시작한 외국어를 구사하듯 도와 달라는 말을 꺼내고 도움받는 연습을 하고 있는 한범 씨가 앞으로 만들 책이 기대된다. 주체의 취약함을 끌어안는 대화가 더 많아질수록 더 다양한 몸들을 품을 수 있는 책이 나오지 않을까. 타인에게 기대고, 또 그가 기대게 곁을 내주는 기울어진 몸이 사물의 입체적인 면모를 더 잘 볼 수 있을 거라고 믿는다. 한 사람도 놀이에서 배제되지 않게 같이 노는 법을 알았던 어린 시절처럼 함께하면 즐거움이 배가될 것이다.

<u>나선프레스의 끝</u>

출판사, 도서관, 학교로 이어지는 운동 궤적을 좇으며 마음속에 질문 하나가 자리 잡았다. 과연 이 사람을 움직이게 하는 원동력은 뭘까. 하나의 몸으로 2·3인분을 거뜬히 해내는 사람을 보면 항상 그 에너지의 원천이 궁금했다. 사물. 사물을 보고 있다 보면 뭔가를 하게 된다는 답변을 인터뷰 초반에 들었다면 아마 잠깐 동안 정신을 차리지 못했을지도 모르겠다. 나선프레스, 나선도서관, 나선학교를 거쳐 한범 씨를 향해 가는 도정이었기에 이 말의 진의를 어렴풋이 알 것 같은 기분이 들었다. 사실 시작이 그랬다. 유운성 평론가의 수업에서 매혹되어 비평적 글쓰기를 탐닉하게 되었고, 평론가가 되었다. 편집자가 되어야겠다는 목적의식적 지향이 전혀 없는 상황에서 책이라는 사물에 꽂히면서 편집자가 되었다. 사물에 지대한 영향을 받는다는 그의 이야기를 들으며 엉뚱하게도 원자들이 운동하는 이미지가 연상되었다. 사물의 빛이 그에게 가해지고, 그가 그 빛을 관찰하는 순간에 사물의 마술적 가능성이 현실화되어 사물도, 그도 동시에 변화한다. 한범 씨는 자기 자신에 대해서는 별로 관심이 없는 것 같다고 고백했다. 스스로 이해하지 못하는 부분이지만 타고난 기질이 외부 세계에 관심이 많았다. 세계가 겹겹이 짜인 관계의 그물망으로 이뤄졌음을 직관적으로 알았던 건지, 사회적 관계 속에서 자신을 바라봤다. 사물에 감응하는 본능이 사물이 품은 신비로운 비밀을 풀어내는 비평적 글쓰기와 출판으로

이어지지 않았을까 싶다. 이 감응력이 현실의 부정성을 예민하게 감지했고, 거기에서부터 지금 이 사회에 무엇이 필요한지 묻고 답하는 탐구가 출발했다. 퀘스트를 깨기 위한 모험길에 오른 용사처럼.

편집자 친구들과 만나는 자리에서 종종 '탈출판'이 화제에 오르곤 한다. 애초에 저임금이라는 사실을 모르지 않았지만, 사회생활을 꾸려 가는 데 이렇게 돈이 많이 드는지 미처 알지 못했다. 밖에서 풍문으로 출판계의 어두운 면에 대해 이런저런 이야기를 듣긴 했지만, 안에 들어와서는 예상치 못한 악마적인 디테일이 새로 발굴되었다. 내 상처에 대해 가장 자세히 알 수밖에 없고, 좁고 동질적인 인간관계가 일종의 공명 효과를 통해 이런 인식론적 편향을 심화시킨다는 사실을 모르지 않는다. 그럼에도 사양산업으로 분류되곤 하는 출판계의 외부적 요인에 의해서든 '책 만드는 일'의 기쁨과 슬픔에 얽힌 내부적인 요인에 의해서든 '편집자의 끝'에 대해 생각하게 될 순간이 반드시 올 것임을 알고 있다. 평소에 팬심으로 응원하는 너무나 멋진 책들을 펴내는, 작지만 강한 출판사들이 내부 동력을 서서히 잃어가는 듯한 모습을 보여 줄 때면, 이 판에서 미래를 꿈꿀 수 있을지 마음이 계속 움츠러든다.

그런데 낭만적으로 들릴지도 모르겠지만, 좋은 책을 만들 수 있다면 출판의 정치경제니 앞으로의 밥벌이니 하는 생각이 조금 허술하게 느껴진다. 다른 업계로 이직하더라도 밥벌이에 대한 고민은 해소되지 않을 것 같고, 무엇보다 다행인지 불행인지 아직까지 이것 말고는 잘하고 싶은 일이 딱히 떠오르지 않았다. 나에게 좋은 책이란 다른 삶이 가능하다는 사실을 상기시키는 책이다. 그리고 한범 씨와의 대화를 통해 출판을 좋은 책 만들기에 국한할 필요가 없다는 걸 배웠다. 그는 「앎 없는 밤의 읽기」[7]에서 출판에 대해 이런 윤리적인 정의를 내놓은 바 있다. "나는 출판(publishing), 出版을 책을 만드는(making) 일이 아니라 책이라고 이르는 것을 공적인(public) 장소에 내보내 움직이도록 하는 행위의 집합이라고 여긴다. 책이 어딘가에 놓이고 그로 인해 형성되는 사회적 관계에 관여하는 것이 출판의 일이라고 했을 때, 내가 출판을 하며 가장 많이 상상하는 것은 내어놓은 책이 어떤 사회적 관계를 형성하도록 할 것인가 하는 질문이다." 출판을 어떤 자리를 만들 것인가에 대한 문제로 전환했을 때, 편집-만들기의 탁월함과 마케팅-전달하기의 파급력 사이에 제3의 축을 도입할 수 있을 것 같다. 짓기-대화하기의 영역은 펼친 면의 내부와 외부 사이에 걸쳐 있다. 펼친 면의 바깥에서 우리는 매일 허기를 달래기 위해 밥을 먹고, 꽉 막힌 일상의 빈틈을 뚫는 농담을 던지며, 살아 있기 위해 사랑을 한다. 그 모든 시간이 펼친 면으로 스미고, 삶을 잔뜩 머금은 펼친 면이 닫힌 세계를 기어코 열어젖힌다. "읽기는 전적으로 독자의 역

-----

[7]
http://leehanbum.com/writing/reading-in-la-nuit-du-non-savoir. 『어떤 읽기』(어떤출판연구회, 2024)에 수록.

량 문제만은 아니다. 그런 독자를 가능하게 하는 책-사물의 발명 또한 그와 거의 동등한 픽션으로 남아 있다."(「앎 없는 밤의 읽기」) 짓기의 영역에서 독자는 소여(所與)된 존재가 아니라 아직 도래하지 않은 잠재적 존재가 되며, 읽기를 통해 거듭 태어날 수 있는 생성의 자리로 나아간다.

처음 한범 씨에게 인터뷰 제안을 했을 때, 그의 답신에는 이런 문장이 적혀 있었다. "저는 출판이 책을 만드는 일이 아니라 자리를 만드는 일이라고 자주 생각하고 있어요. 그게 무슨 의미인지는 아직 저도 잘 모르겠지만요." 자리를 만드는 일이 어떤 일인지에 대해 함께 생각해 보고 싶다는 게 이 인터뷰의 처음이자 끝이었던 것 같다. 내게 그 자리는 아직 공터이자 백지로 남아 있지만, 비어 있는 그곳에서 역설적으로 픽션적 가능성이 활짝 피어날 수 있음을 알게 되었다. 그 자리에 누구를 초대하면 좋을지 상상하고, 미래의 독자와 함께 작은 희망을 품은 씨앗들을 심고, 앞으로 어떤 새로운 관계를 만들어 갈 수 있을지 고민하다 보면 지금까지와는 조금 다른 출판을 할 수 있을지도 모르겠다.

끝없는 모험과 방랑의 소용돌이 속으로 자신을 내던져 온 한범 씨는 나선프레스의 끝을 이렇게 그리고 있었다.

"나선프레스의 시작은 제가 했지만 언제나 이게 제 것이 아니면 좋겠다는 제 생각을 많이 해요. 책이라는 상품을 만드는 곳이 아니라 이 현실 안에서 다른 사회를 바라고, 계속해서 어떤 사회적인 장소를 만들려

저는 나선프레스가 이제 단순히 책이라는 상품을 만드는 곳이 아니라 이 현실 안에서 다른 사회를 바라고, 계속해서 어떤 사회적인 창조를 만들려고 하는 곳이라고 생각해요. 작게는 저는 나선프레스는 하나의 어떤 집을 짓는 거라고 생각을 해요. 그러면 이 집 안에는 누군가가 들어올 수 있겠죠. 그리고 들어온 사람들이 주인이 될 거고, 크게 이상적으로 생각하면 어떤 마을이 될 수도 있겠죠. 입 뜻이 맞는 사람들이 어떤 하나의 마을을 이루면서 각자의 삶을 살 수 있지 않을까. 그래서 저는 나선프레스가 브랜드나 출판사라기보다는 어떤 가치를 공유하는 하나의 집이 되면 좋겠다는 생각을 훨씬 많이 하는 거죠. 각자 자기 삶이 있고, 각자가 바깥에 있다가 여기선 나선프레스라는 이름으로 해야 될 게 생기면 모이고 면 모이고.

저는 항상 열어두고 싶은데, 아직은 열어 뒀을 때 올 사람들에 대해서 책임을 질 수 있는 힘이 없어 갖고 지금은 그냥 하고 있는 것 같아요. 그래서 항상 끝은 제가 없는 모습인 거예요. 그리고 꿈이 있다면 제가 죽고 없어져도 이 나선이라는 장소가 정말 오랫동안 살아남아 사회에서 자리를 잃지 않는 거. 그건 나선프레스의 자리뿐만 아니라 다른 종류의 자리들에 대해서도 똑같은 생각을 가지고 있는 것 같아요. 많은 자리들을 잃지 않았으면 좋겠다. 없어지지 않으면 좋겠다. 많은 자리 중에 하나가 나선프레스일 뿐이다."

은 자리들을 잃지 않았으면 좋겠다. 없어지지 않으면 좋겠다.
많은 자리 중에 하나가 나선프레스일 뿐이다."

끝을 말하기 위해 만났지만 끝에서 마주치지 않고 싶다
고 말하고 싶다. 만약 끝에서 그와 마주치게 된다면 물을 것
이다. 지금은 어떤 자리를 만들고 있냐고. 당신이 만든 자리
라면 언제든 놀러 가서 머물고 싶다고.

○

인터뷰이 이한범

나선프레스 대표이자 미술비평가. 강렬한 책을 만든다. 집을 제일 좋아하지만 어떻게 계속 방랑할 수 있을 것인가 고민하는 사람.

—

만난 때, 곳 2025년 9월 14일 오전 10시, 나선도서관

편집 후, 기

어떤 시작 이후, 제법 많은 시간이 흘렀고 제법 많은 사정이 있었다. 이를 모두 다 열거하지는 않을 것이다. 일을 하다 보면, 불미스러운 일도 생기는 법이다. 그리고 살다 보면, 묻어 둬야 하는 때도 있는 것이다. 일단은,

이 책은 출판공동체 편않이 인터뷰이로 참여하기도 했던 『출판사의 첫 책』과의 어떤 연결 속에서, 그리고 출판사 핌과의 어떤 연대 속에서 출발했다. 기획 초반 단계에는 해당 책과 비슷한 구성으로, '출판사의 끝 책'에 대한 인터뷰집을 구상했다. 그러니까 폐업한 출판사가 마지막으로 낸 책이랄지, 이직·전직·퇴직한 편집자나 디자이너가 어떤 구간에서 마지막으로 작업한 책이랄지, 혹은 끝내 구현되지 않은 기획이라거나 실재하지 않는 상상이라거나, 뭐 그런 것들에 대한 이야기. 생성보다는 소멸에, 삶보다는 죽음에 일생 신경을 기울여 왔던 탓일까. 나는 어떤 실패와 좌절, 슬픔 같은 걸 담아 보려고도 했던 것 같다. 더 이상 지속되지 않는 상태 직전의 그 찰나에 대하여. 그러나,

내내 지속되지 않는 것은 나의 첫 계획이었다. 송현정 작가의 단독 인터뷰집으로 계획했던 책은 시작부터 난항을 겪었다. 집필은 더뎠고, 인터뷰 섭외도 쉽지 않았으며, 자칫

어슷비슷한 이야기들이 이어질 우려도 있었다. 끝은 곧 시작이다, 위기는 곧 기회다, 뭐 그런저런 이야기들. 사실 난 이러나저러나 상관없었다. 나에게 중요한 것은 인터뷰이가 아니라 인터뷰어였으니까, 인터뷰는 그저 구실이었을 뿐 내가 듣고 싶었던 것은 인터뷰-이를 통해서만이 나올 수 있는 인터뷰어의 말과 맘이었으니까. 아니 어쩌면 조금 더 정확히는 어떤 관계-상황-상태-조건에서만 나올 수 있는 인터뷰어의 다양한 모습-글을 통해 주체는 결코 확고부동한 무엇이 아님을, 결국 우리는 타자와의 사이 어드메에서만 존재할 수 있음을, 드러내고 싶었는지도 모른다. 그래서,

인터뷰어를 늘렸다. 『출판사의 첫 책』을 기획하고 펴낸 맹현 작가, 그리고 저널리즘 세미나를 함께해 온 서윤지 선생·양동혁 편집자·임헌 편집자. 짧지만은 않은 시간 동안 곁에서 출판하고 공부한 동료들에게 부탁했다. 사실 당신들의 이야기를 싣고 싶다고, 큰따옴표 없이, 서로가 서로에게 파문을 일으켜, 파동 간 무수한 간섭 속에서 동심원들의 소유권을 무력화해 달라고. 그러므로,

이 책은 인터뷰집이 아니다. 통상 인터뷰란 인터뷰이에 주목한다. 걸어온 궤적, 획득한 자본, 구축한 세계……. 발화 속에서, 자료 속에서, 이러한 자국들을 탐색하는 일은 물론 중요하다. 하지만 나는 지금 자신이 없고 무엇보다 관심이 별로 없다. 오로지 인터뷰어-저자들의 판단과 실천들에 주목했

다. 인터뷰이 선정도 인터뷰 방법도 원고 형식도 오롯이 저자들의 몫이다. 다만 바랐다. 내가 생각하는 가장 최악의 인터뷰 방식인 일문일답만은 피해 달라고. 그건 내가 보기에 제일 무성의하고 아주 무가치한 방식이라고. 대화 준비와 대화 당시가 어땠든, 그건 대화 이후를 깡그리 무력화하는 방식이라고. 아무튼,

끝내주는 책을 만들겠다는 생각까지는 가져 본 적이 별로 없던 것 같다. 다만 무언가를 끝장내고 싶은 마음만은 그득그득하다. 학살과 기아, 전쟁, 기후재앙, 극우와 파쇼들, 각종 차별과 혐오, 결국 우리가 발 딛고 있는 이 체제를, 결코 가능하지 않을 것 같지만 끝내 버려야 할 수많은 잔재들……. 그런데,

이 책이 그러한 것들과 도대체 무슨 상관이란 말인가? 안다,

모든끝은그러나시작에물려있음을.[1] 모른다,

모든시작또한결국끝에물려있음을. 끝내,

---

[1]
박상륭, 그를 열심히 읽었던 나의 여름들도 이제는 끝내야 하는 걸까?

끝내야 할 것이다. 다시,

한 해의 끝에서,
한 해의 시작으로,
지다울 겨우 흐름,

한 해의 끝에서,
한 해의 시작으로,
지다울 겨우 흐름,

저자들(가나다순)

맹현

작가이고 출판사 핌의 대표다. 두 직업 사이에서 균형을 잡는 게 꿈이다. 『한국영화 100년 100경』(한국영화100년기념사업추진위원회 엮음, 돌베개, 2019)의 편집자·디자이너 사인본을 갖고 있다. 아무 때나 아무 페이지를 펴서 읽는 중이다.

서윤지

좋아하는 책과 많은 것을 하고 싶어 '책으로 하는 모든 것'이라는 이름으로 활동하고 있다. 어린이 독서 지도사, 독서 모임 운영자로 일을 하고 있으며, 페리 노들먼의 『그림책론』(김상욱 옮김, 보림, 2022)과 빅토르 위고의 『레미제라블』(정기수 옮김, 민음사, 2012)을 다시 읽고 있다.

송현정

부단히 책을 읽고 틈틈이 글을 쓴다. 『출판사의 첫 책』(출판사 핌, 2024)에 관여해 출판계를 엿본 뒤로는 꼬박꼬박 판권면을 정독한다. 지다율의 자리끼론(머리맡에 책을 두고 자면 지식의 갈증이 채워진다는 주장)을 신봉하며 머리맡에 칼 세이건의 『코스모스』(홍승수 옮김, 사이언스북스, 2004)를 두고 잔다.

양동혁

모 출판사에서 회고록·전기 복간 시리즈의 기획과 편집을 맡고 있다. 삶에서 글로, 다시 글에서 삶으로 운동하는 순간에 관심이 있다. 『Ua a'o 'ia 'o ia e ia 우아 아오 이아 오 이아 에 이아』(김성환, 나선프레스, 2025)를 읽고 있다.

임헌

어린이책 편집자. 어느 출판사에서 창작동화, 그림책, 창작만화, 지식정보책 등 다양한 어린이책을 만들고 있다. 『싯다르타』(헤르만 헤세, 박병덕 옮김, 민음사, 2002)를 다시 읽고 있다.

만든 사람들

편집자 지다율

출판공동체 편않에서 책을 만들며 저널리즘스쿨 오도카니를 운영하고 있다.『저널리즘 연구』리뷰 논문을 (아직도, 못) 쓰고 있으며,『ㅈㄷㅇ의 재고』를 (벌써부터) 읽고 있다. 언제쯤, 우리는『자본』을 통과(痛過)할 수 있을까.

편집자 김윤우

출판공동체 편않에서 기획 및 편집 등을 맡고 있다. 크지도 작지도 않은 출판사에서 편집자로 일한다.『먼저 온 미래: AI 이후의 세계를 경험한 사람들』(장강명 지음, 동아시아, 2025)을 읽고 있다.

디자이너 기경란

출판공동체 편않에서 기획 및 디자인을 맡고 있다. 그리고 또 어딘가에서 북디자인을 하고 있다.『일리아스』(호메로스 지음, 천병희 옮김, 도서출판 숲, 2015)를 아주 조금씩 천천히 읽고 있다.